ORGANIZADO POR TAVI GEVINSON

sobre o AMOR

45 VOZES SOBRE ROMANCE, AMIZADE E AMOR-PRÓPRIO

TRADUÇÃO SOFIA SOTER

ROCCO
JOVENS LEITORES

Título original
ROOKIE ON LOVE
45 Voices on Romance, Friendship, and Self-Care

Copyright texto © 2018 *by* Rookie LLC

Todos os direitos reservados.

Direitos para a língua portuguesa reservados
com exclusividade para o Brasil à
EDITORA ROCCO LTDA.
Av. Presidente Wilson, 231 – 8º andar
20030-021 – Rio de Janeiro – RJ
Tel.: (21) 3525-2000 – Fax: (21) 3525-2001
rocco@rocco.com.br|www.rocco.com.br

Printed in Brazil/Impresso no Brasil

Preparação de originais
ISABELA SAMPAIO

CIP-Brasil. Catalogação na fonte.
Sindicato Nacional dos Editores de Livros, RJ.

S661 Sobre o amor: 45 vozes sobre romance, amizade e amor-próprio / organizado por Tavi Gevinson; [tradução de Sofia Soter]. – 1ª ed. – Rio de Janeiro: Rocco Jovens Leitores, 2019.

Tradução de: Rookie on love: 45 Voices on Romance, Friendship, and Self-Care

ISBN 978-85-7980-464-9

ISBN 978-85-7980-467-0 (e-book)

1. Literatura juvenil americana. 2. Relacionamentos. I. Gevinson, Tavi. II. Soter, Sofia.

19-58577   CDD-808.899283   CDU-82-93(73)

Vanessa Mafra Xavier Salgado – Bibliotecária – CRB-7/6644
O texto deste livro obedece às normas do
Acordo Ortográfico da Língua Portuguesa.

Impressão e Acabamento:
GEOGRÁFICA EDITORA LTDA.

SUMÁRIO

Apresentação / 9

Postais da Apollo 6 – Por Lena Blackmon / 17

Como lidar com rejeição – Por Janet Mock
A escritora e ativista escreve sobre superar uma paixão e se encontrar. / 19

Enc: Carta para Leyb – Por Tova Benjamin
Viajamos por telas, corpos e texto até nós mesmos. / 23

O momento mais emocionante da vida de Alma – Por Etgar Keret
Um novo conto do gênio da ficção. / 31

Planetas binários – Escrito por Ogechi Egonu e Ugochi Egonu, ilustrado por Elly Malone
A linha do tempo de gêmeas, juntas e separadas. / 35

Além do autorrespeito – Por Jenny Zhang
Eu não perdi o respeito por mim, mas por ele. / 47

Para Amy e outras mulheres que carregam o caos
– Por Bassey Ikpi / 55

Não correspondido – Por Kiana Kimberly Flores
Celebrando o meme emo(cional). / 59

Você em primeiro lugar – Por Danielle Henderson
Cultivando força emocional. / 65

A memória é um anjo que não sabe mais voar
– Por Jackie Wang
Revelações, em retrospecto. / 71

Amor literário – Por Emma Straub
Transporte-se. / 79

Adoro a pessoalidade das pessoas –
Por John Green e Rainbow Rowell
*Uma conversa entre superpoderosos do YA sobre escrever
amor adolescente épico e real.* / 85

Carma – Por Gabourey Sidibe
*A artista e estrela do cinema escreve
sobre amar sem vergonha.* / 93

**2 da manhã comendo lámen e tentando
dizer que te amo** – Por Marina Sage Carlstroem / 105

Força centrípeta – Por Mitski Miyawaki
*Como se juntar ao universo com o maior
amor da cantora e compositora.* / 109

Oríkì para mamãe – Por Sukhai Rawlins
Uma ode, um grito de guerra. / 117

Eita! – Por Esme Blegvad
Vivendo um sonho. / 122

Willis – Por Durga Chew-Bose
Uma ode aos cães. / 129

Medo do amor – Por Ana Gabriela / 133

Acender os sentidos: Uma conversa com Margo Jefferson – Por Diamond Sharp
Sobre desenvolver e celebrar os instintos. / 135

Antes de eu começar a escrever essas coisas diretamente para você – Por Tavi Gevinson
Dois brincalhões apaixonados. / 141

O coração tenta limpar seu nome – Por Bassey Ikpi / 147

Autoaceitação – Por Sarah Manguso
Sobre usar suas forças. / 153

Como confessar uma paixão – Por Krista Burton
Admire ativamente. / 157

Viver pela espada – Escrito e ilustrado por Annie Mok
Arthur, de novo e de novo. / 167

Superficial – Por Britney Franco
Entre conhecer e Conhecer. / 173

Monstro – Por Florence Welch / 191

A ciumenta – Por Amy Rose Spiegel
Como ser justa: com você e com os outros. / 193

Da faísca à fogueira – Por Marlo Thomas
A atriz icônica escreve sobre onde vive o amor. / 203

Na vida real – Por Sunny Betz
Amigos da internet unidos. / 209

O poder de questionar – Por Alessia Cara
A cantora e compositora escreve sobre superar insegurança. / 213

Amor e partidas associadas – Por Akwaeke Emezi
Nem sempre podemos guardar as pessoas. / 217

Astaghfirullah: Um beijo antes de morrer – Por Bassey Ikpi / 225

Cowboy solitário – Por Hilton Als
Encontrar a dimensão em pequenos gestos. / 231

Exposição passada – Por Collier Meyerson
O olhar do amor. / 237

Um guia para se apaixonar no estilo teleserye – Por Gaby Gloria
Destino! Mistério! Confusão! Romance! / 245

Resplendor – Por Maria Popova
Sobre ser uma criatura de luz. / 251

Sob pressão – Por Victoria Chiu
Suas regras, seu tempo. / 255

Amigas para sempre – Por Diamond Sharp
Encontre um círculo onde pode ser mais humana. / 263

Amor infinito – Por Upasna Barath
Primeiro significa eterno? / 267

A graça da vida! – Por Esme Blegvad
Detalhes que fazem essa vida estranha valer a pena. / 272

Contra histórias de amor – Por Sally Wen Mao
Uma ode ao fracasso da intimidade. / 275

Irmãs se amam mesmo? – Por Jazmine Hughes
As irmãs Hughes em primeira mão. •• / 297

Tatuagem – Por Laia Garcia
Ela perdeu o controle. / 305

Talvez um dia – Por Shania Amolik / 311

Como me tocar – Por Bhanu Kapil
Algo como proximidade. / 314

Agradecimentos / 319

APRESENTAÇÃO

A *Rookie* é uma revista on-line americana feita por e para adolescentes e amigos de qualquer idade. Fundei-a em 2011, quando estava no primeiro ano do ensino médio, porque não encontrava uma revista adolescente que respeitasse a inteligência das leitoras e tivesse textos de adolescentes de verdade. Desde então, leitoras da *Rookie* se conheceram pela nossa comunidade on-line, em eventos presenciais e ao começar suas próprias zines, blogs, bandas, clubes e outras manifestações de criatividade e brilhantismo. Sempre esperamos comemorar a mágica de todos os colaboradores da RookieMag.com, por isso publicamos quatro antologias — uma para cada ano do ensino médio americano —, conhecidas como *Rookie Yearbooks*, ou *Anuários da Rookie*. Mesmo assim, queríamos continuar e encomendar novos trabalhos que *não* viveriam em qualquer outro lugar, nem na internet. Queríamos nos concentrar em um assunto único, em vez de em um período de tempo. Queríamos ver a variedade de formas com que escritores e artistas da *Rookie*, heróis da *Rookie* com quem sonhávamos em colaborar e leitoras da revista que estão a caminho de se tornarem isso tudo responderiam à mesma ideia. Queríamos um assunto bem tranquilo, supersimples e fácil de entender. Por isso escolhemos o Amor.

Cá está: a nova versão impressa da *Rookie*, contendo ensaios, quadrinhos e poemas novinhos feitos por adolescentes de todas as idades. De início, achei que poderíamos pedir trabalhos que cobrissem cada manifestação possível dessa emoção misteriosa: crushes, amores não correspondidos, relacionamentos duradouros, paixões curtas, longas distâncias, ficadas, términos etc. Talvez pudéssemos organizá-los na ordem de um relacionamento estereotípico, da atração à união e à separação. *Finalmente*, um veredito. O significado do amor capturado nestas páginas.

No entanto, como tudo que vale a pena ser feito ou sentido, é impossível explicar o amor. Como tudo na vida real — diferente de livros, filmes, "Love Story", da Taylor Swift, "Love Story", da Mariah Carey e "Love Story (You and Me)", do Randy Newman —, o amor nem sempre se desenvolve de acordo com uma estrutura narrativa. Além disso, acabar o livro com um monte de términos parecia sombrio. Onde estaria a parte seguinte, quando descobrimos como é bom ficar sozinha? Ou depois, quando encontramos outra pessoa e criamos algo novo? Ou quando decidimos não estar em relacionamentos românticos, ou ficar casualmente, ou transar com quem quiser? Além disso, onde estaria o amor que persiste ao nosso redor, independentemente do que esteja ou não acontecendo na nossa vida romântica? O amor que sentimos ao trabalhar em algo que nos emociona, ao ver uma obra de arte que parece ler nossa mente, ou ao descobrir um livro muito bom (por exemplo...)? Aquelas pessoas que fazem a gente se sentir tão completa que "a outra metade da laranja" talvez seja um mutante de muitas cabeças? Onde estariam aqueles dias em que pensamos "não acredito que não só *não* estou absurdamente deprimida, como também estou... apaixonada pelo mundo ao meu redor!!!!"? Ou "sempre que eu fico triste com o estado do mundo, penso no desembarque do Aeroporto de Heathrow. O senso comum parece achar que vivemos em um mundo de ódio e ganância, mas não é o que vejo. [...] Se procurar bem, tenho a leve suspeita de que descobrirá que o amor está mesmo por todos os lados"?

Ok, esse foi o monólogo do Hugh Grant no começo de *Simplesmente amor*, mas às vezes é assim que soamos ao tentar escrever sobre o amor!! Honestamente, a tese do filme, por mais que seja cafona, não está *errada*; na verdade, talvez o restante do roteiro não cumpra essa declaração expansiva. O amor *está* por todos os lados, mas nem sempre contido em outra pessoa. Às vezes encontramos a melhor companhia em nós mesmas, ou na diversão de venerar um ídolo adolescente, ou ainda no desafio de tentar entender as várias formas do amor. Simplesmente na *tentativa*. Na curiosidade. É como estou ao trabalhar neste livro. Ao final, me sinto bem satisfeita com a ideia de que o amor é uma força que toma formas diferentes, que pode estar mais presente no sentimento de escrever do que em um relacionamento, em memórias ou fantasias, em uma conversa com um amigo de internet ou em como um cachorro espera o dono voltar para casa.

Por isso, proponho uma continuação para *Simplesmente amor*, chamada *Simplesmente amor — Simplesmente mesmo*, na qual todo mundo faz o papel de alguém do *Sobre o amor*: Emma Thompson no papel do processo de composição de Florence Welch (p.191), Bill Nighy no papel dos padrões de beleza questionados por Alessia Cara (p. 213), Chiwetel Ejiofor no papel dos livros preferidos de Emma Straub (p. 79), Keira Knightley no papel do leão do conto de Etgar Keret (p. 31), Colin Firth no papel da carreira musical de Mitski Miyawaki (p. 109), Liam Neeson no papel do treinador de atuação de Marlo Thomas (p. 203), Laura Linney no papel de Montgomery Clift no tributo de Hilton Als ao grande ícone (p. 231), January Jones no papel das cartas de amor que ensinaram a Janet Mock que ela era uma escritora (p. 19), Alan Rickman no papel do bate-papo sobre romances adolescentes entre John Green e Rainbow Rowell (p. 85), Rowan Atkinson no papel da "Fase Piranha" descrita por Gabourey Sidibe (p. 93)... Fala sério, que elenco! *Claro* que é um clássico!

Prepare-se para ser transportada pelos poemas das leitoras da *Rookie*, pelas conversas e entrevistas, pelos guias e conselhos diretos, pelos ensaios líricos e linhas do tempo e por mais perguntas do que respostas. Continuo impressionada com cada contribuição, com a criatividade e a variedade das interpretações do assunto mais abordado no mundo. Claro. Afinal, é isso que acontece quando se diz: "Amo sua escrita. Será que você poderia escrever sobre algo que ama também?"

Por fim, se alguém quiser produzir uma continuação bem enrolada de uma comédia romântica de Natal querida, escondendo o rosto famoso de pelo menos dez estrelas do cinema internacional com fantasias gigantes de objetos, como se fosse uma peça infantil, pode entrar em contato!

Com amor (digo isso em todas as Cartas da Editora, mas agora é ainda mais sincero),

Tavi

Este livro foi publicado nos Estados Unidos em janeiro de 2018. Dez meses depois, apesar de nossos esforços, a *Rookie* fechou. Escrevi sobre os motivos no site — é uma história comum de publicações independentes e não precisamos entrar nos detalhes aqui. Mas gostaria de acrescentar uma nota para expressar minha gratidão à Rocco por publicar esta edição e às Rookies do Brasil, pelos anos de leitura e pelo apoio que tornaram tudo possível.

Quando estávamos trabalhando neste livro e promovendo pelos Estados Unidos, pouco mais de um ano atrás, era para ser o primeiro de uma série, e a *Rookie* também era para ser muito mais. Quando recebi o pedido de escrever este adendo, temi que revisitar o livro me encheria de vergonha, constrangimento e, na raiz de tudo, luto. Temi olhar para o tempo da minha vida ocupado pelo *Sobre o amor* e só enxergar tudo que não aconteceu depois. Como um negativo de uma foto do futuro.

No entanto, quando sentei e reli meus trechos preferidos — e são tantos —, fui tomada por um sentimento de abundância. Simplesmente como leitora, fiquei feliz ao notar que as palavras desta coleção me afetam de formas diferentes; ao lembrar que, quando crescemos e mudamos, os livros que amamos também mudam. Fiquei muito empolgada por pensar que, para você, estas palavras podem ser novinhas. Também me senti grata por este livro existir por uma razão inesperada, só agora possível: é um documento dos últimos anos da *Rookie* e da sua comunidade. Congela a vida individual de nossas colaboradoras em um momento, o que significa que congela espelhadas as vidas de nossas leitoras também. É a última versão impressa do espírito da *Rookie*, e você estar lendo isto agora prova que ela continua a viver. Que esse espírito — a compreensão e as intenções compartilhadas que nos aproximaram, on-line e off-line — sempre foi muito maior do que um sonho qualquer.

Obrigada, obrigada, com amor sem fim,

Tavi
Março de 2019

POSTAIS DA APOLLO 6
Por Lena Blackmon

sua mão toca a cintura do meu vestido de girassol.
valsamos em uma sala de física.
há luz solar em nós:
nos torna graciosos,
(como costumamos ser, com corpos planetários e atração gravitacional)
kepler. e a aceleração
um para cada lado.
afastados, mas não em
catástrofe. como se a apollo 6 descesse flutuando
em vez de cair.

COMO LIDAR COM REJEIÇÃO

A escritora e ativista escreve sobre superar uma paixão e se encontrar.

Por Janet Mock

Sou uma adolescente sem esperança que está muito a fim de um garoto supergatinho sentado do meu lado, mas quero superar porque sei que ele não gosta de mim. Sugestões, por favor?

— Riya, 18 anos, Nova York

O primeiro garoto que amei era meu vizinho. Nunca sofri tanto por alguém quanto sofri por Nathan.[1] Eu o encarava tanto que podia contar quantas sardas ele tinha no rosto. Com uma paixão avassaladora, eu o via desfilar pela nossa quadra com uma garota linda depois da outra. Ele as abraçava com braços bronzeados e musculosos, beijava seu pescoço dourado, fazendo-as rir.

Eu fantasiava sobre ser o tipo de garota que Nathan escolheria: uma garota de cabelo comprido e sedoso, em vez do meu cabelo natural e cacheado; uma garota com peitos que balançavam, em vez de usar um sutiã com enchimento; uma

---

[1] Nome foi alterado.

garota que não era questionada sobre ser uma garota, como eu era, por ser trans. No entanto, por mais que eu fantasiasse, não podia mudar a verdade indiscutível de que Nathan não gostava de mim.

Por muito tempo, culpei o que me faltava, o que eu não era. Não quero dizer que é o que você está fazendo, mas é o que eu fiz aos 14 anos. Tentei não me comparar com as muitas modelos de Nathan, mas não consegui evitar. No entanto, essa comparação constante só me impediu de *me* enxergar e admirar o que eu oferecia. Só porque Nathan — por quem eu era *tão* apaixonada — não me queria, não me desejava, não me escolhia, isso não significava que eu não merecia ser escolhida ou poder escolher.

Ainda assim, lidar com a primeira rejeição do primeiro garoto que já quis me deixou devastada. Para aguentar, eu escrevia cartas de amor para ele. Nunca as enviei. (Nossa, eu teria morrido de vergonha se ele *lesse*!) Mesmo assim, o ato de escrever as cartas permitiu que eu me sentasse para pensar e fosse sincera sobre o que sentia — as cartas me faziam prestar contas para mim mesma. A princípio, eram destinadas a ele, mas eu sempre era o centro. Eu era o centro de formas como queria que eu fosse para ele.

Por fim, não tinha mais nada a dizer para Nathan. Só que ainda tinha o que dizer, por isso continuei escrevendo. Escrevi sobre o que queria fazer, ver, experimentar. Escrevi sobre frustrações, desejos e, claro, novos crushes. As cartas não eram mais destinadas a Nathan; na verdade, deixaram de ser cartas e se tornaram meu primeiro diário, a semente da minha jornada como escritora. Essas cartas de amor que se tornaram um diário me deram a ousadia para dizer o que queria.

Ao me colocar no centro, mudar o foco da minha paixão inatingível para meu respeito pelo que eu tinha, por quem eu era e pelo que queria, consegui ajuda para superá-lo e me encontrar.

ENC: CARTA PARA LEYB

Viajamos por telas, corpos e texto até nós mesmos.

Por Tova Benjamin

Em vez de começar esta carta da forma tradicional, contando onde estou, vou falar sobre meu meio (que contará onde estou): a tela enorme do computador da biblioteca e o teclado velho que é diferente de segurar. O mouse como uma entidade própria, que eu preciso cobrir com a mão para navegar por um documento e pede mais pressão dos meus dedos, que clicam em vez de pressionar. Eu mexo o mouse físico distraidamente pela mesa da biblioteca, tentando mover o cursor pela tela. Atrás da tela se encontram duas tomadas. Sob a tela está o computador em si.

Talvez eu tenha quebrado nosso acordo silencioso ao mencionar o computador, já que sempre chamamos estes e-mails de "cartas". A parte mais fascinante da aula de Texto e Mídia Digital que estou cursando é a discussão a respeito da materialidade dos textos que lemos on-line. Não só em relação à legitimidade ou à autoridade, mas ao próprio aspecto físico: o plástico (?) que meus dedos cobrem agora, o vidro ou a fibra de vidro (?) da tela, os cabos que conectam a tela à parede atrás de mim, que se conectam a mais outros cabos, equipamentos e fibras de vidro. Apesar de pensarmos que a mídia existe na Nuvem distante, ela precisa ser acessada por um meio físico. Não existe desconectada, flutuando no ar como um pensamento.

> "Textos digitais podem parecer estranhamente imateriais ou desconectados. Como muito do que é on-line, eles costumam ser vistos como 'virtuais' por serem tão esquivos como objetos físicos. Nenhuma página da internet existiria sem uma vasta confusão de coisas tangíveis — o monitor no qual aparece, mas também o computador do servidor, o computador do cliente, a 'espinha' da internet, cabos, roteadores e disjuntores —, mas mesmo assim é incrivelmente intangível. O que é? Onde está?"
>
> — Lisa Gitelman, *Always Already New*

(Não é uma coincidência que eu esteja pensando em você ao ler esses textos — a pessoa que comecei a amar por uma tela, ou um texto digital. Às vezes considero o <corpo> da pessoa que conheci ao ler suas primeiras cartas, quando você as mandou por e-mail, o texto na sua fonte escolhida que aparecia em outras fontes quando eu abria os documentos na minha tela, palavras que se encolhiam quando eu lia as missivas no telefone. É estranho pensar na materialidade de *você* quando nos conhecemos, e mesmo agora, visto que você existe principalmente em palavras, sejam escritas ou ditas em voz alta.)

Depois: Gitelman fala sobre a historicidade da internet, ou o tipo de história possível on-line. Quando procuro por um site, os resultados que recebo não são da página como existiu em todos os seus cinco a dez anos, só a versão mais recente. A internet é tão boa em esconder sua história como em armazenar informação. Se eu quiser ver como era o Facebook sete anos atrás, posso ir a outro site para ver capturas de tela que outras pessoas tiraram de suas páginas no Facebook de sete anos atrás, mas não consigo acessar esse tipo de informação na própria página Facebook.com, que só me mostrará como é hoje, neste momento, neste segundo. Uma página que já mudará em uma hora, quando eu a abrir de novo. Daí o título do livro: *Always Already New*, ou Sempre Novo de Novo.

(De repente me lembrei de como, no telefone algumas noites atrás, você me disse... em uma voz fraca, afetuosa e tão cuidadosa que o tom foi quase irreconhecível: "Mas de certas formas, Tova, ainda estou começando a te conhecer." É difícil separar você ainda, só ou sempre começando a me conhecer (e vice-versa) do meio através do qual estamos sempre nos relacionando. O fato de que todo dia tentamos nos tocar pelos cabos, telas e teclados materiais desses textos e palavras digitais que estão constantemente se reescrevendo, reescrevendo suas histórias. Mas as conversas digitais que tivemos caíram com muita facilidade nas nossas interações em tempo real. Os dados que fluíram entre a época em que eu não sentira seu corpo em meus braços e a época em que o fiz eram contínuos e nunca discretos, existentes em um plano infinito de possibilidades.

(Quando te vejo agora, vejo seu rosto sem barba, escuto suas palavras como elas existem hoje, como a pessoa que você é agora. Mas quando chamo seu nome, você não é só o garoto que já se reescreveu novamente, como também um disco rígido de dados que posso acessar, dados do seu eu do passado, o mesmo eu que compõe minha experiência.)

    Aprofundando Gitelman: você sabia que em 1996 o tempo médio de vida de uma página da web era 75 dias? Isso significa que em 1996 uma única página só se mantinha como estava por 75 dias antes que alguém a transformasse, mudasse ou apagasse. Em 2000 o número era ainda menor: 44 dias. "Tempo médio de vida", como se uma página da web fosse uma planta ou borboleta que voa por alguns dias e volta antes de virar pó. A diferença é que quando uma página morre, ela vira uma página de erro 404. Depois de ler o dado dos 44 dias, procurei alguns sites antigos dos anos 1990, sites defuntos como túmulos, espalhados pelos resultados de busca do Google. Digitei "Qual é a duração média de um relacionamento?". Em 0,63 segundo, o Google me disse que um relacionamento dura, em média, dois anos e nove meses. É o primeiro resultado, portanto aparece em uma caixinha, com um link para o artigo publicado por Katy Winter em 2014 no *Daily Mail*, chamado "Death of the Seven Year Itch" ("Morte da Dúvida dos Sete Anos"), que anuncia: "Em média, um relacionamento só dura dois anos e nove meses... e a culpa é das redes sociais." A informação foi baseada em uma pesquisa feita com 1.953 adultos do Reino Unido. Agora fiz essa estatística viver mais, ao escrevê-la para você.

    Recentemente, li a respeito de todo o esforço feito para manter viva uma espécie ameaçada — não lembro qual — que acabou morrendo pouco depois. Eu me lembro de quão devastada fiquei ao ler. Não me surpreende que eu me lembre de ficar devastada e me esqueça do nome da espécie, como se os sentimentos que percorrem meu corpo fossem desconectados dos objetos que os causaram. Como se sentimentos, como textos digitais, tivessem uma vida material extremamente intangível, os tipos de coisas que sempre se reescrevem, mesmo existindo em um disco rígido trêmulo, vulnerável a danos, apagamento e censura. Às vezes penso "Nunca esquecerei que me senti assim", mas esqueço. Parece horrivelmente assustador investir tanto tempo, tanta energia e tanta emoção em algo que acabará chegando ao fim, seja em 44 dias ou em dois anos e nove meses. E aí?

A última coisa que li hoje foi um ensaio sobre o digital e o analógico escrito por John Lavagnino, que me pareceu poético. Ele falava das formas como o cérebro pode, ou não, ser comparado a um computador e de como o cérebro funciona de forma digital (números inteiros, qualquer coisa reduzida a números), analógica (dados representados por quantidades físicas, que mudam de forma contínua) ou das duas. Ele escreve que costumamos pensar em dados como digitais ou analógicos, mas que sua natureza essencial não é nenhuma das duas; "digital" e "analógico" são só sistemas, modos de fornecer dados, mas não a própria informação. Ao mesmo tempo, dados não são uma entidade independente — estão embutidos nos sistemas que os fornecem. Acho que é um pouco como a linguagem. Às vezes pensamos na linguagem como dividida entre "linguagem corporal" ou "linguagem verbal", considerando a corporal como talvez o método mais sutil e a verbal, a mais precisa. No entanto, a linguagem não é só "verbal" ou "corporal" — a boca ou o gesto são só as *formas* como fornecemos comunicação. Assim como os dados, a linguagem verbal pode ser mais sutil ou menos precisa do que a linguagem corporal, apesar de ainda pensarmos na comunicação como atrelada aos sistemas (a mão, ou a boca) que a transmitem. Provavelmente porque a linguagem não pode ser separada por completo desses sistemas, é difícil comunicar linguagem sem meu corpo ou minha boca.

(Você se lembra do primeiro "Eu te amo" que me mandou? E das muitas vezes que o disse ou enviou desde então, sempre mediado por algum tipo de tecnologia? Quando você me mandou aquele primeiro "Eu te amo", fiquei chateada, porque achei que não era *verdadeiro*, e falei que não acreditaria — não seria capaz de acreditar que você me amava — até que me dissesse pessoalmente. No entanto, as palavras "eu te amo" e os sentimentos por trás delas não são os sistemas que as transmitem. Apesar do seu "Eu te amo" ter sido transmitido digitalmente, por mensagem de texto, precedido pelo código que o mandou, uma combinação comprimida de números e símbolos — mesmo assim, a mensagem em si não muda. Dessa forma, "Eu te amo" é ao mesmo tempo quantitativo e infinito, um conjunto de significantes que contêm a mesma rede de sentimentos, quer você os ofereça digitalmente ou os escreva em um pedaço de papel; quer você os ofereça pelo corpo ou pela língua.)

O melhor trecho do artigo de Gitelman: "É comum, no uso popular, falar sobre o analógico como a categoria que cobre tudo que não é digital; mas, na verdade, a maioria das coisas não se encaixa em nenhuma das duas categorias. *As imagens, os sons e os cheiros entre os quais vivemos geralmente ainda não foram reduzidos a informação.*"

(Grifo meu.)

Referências:

Gitelman, Lisa. *Always Already New: Media, History and the Data of Culture*. Cambridge: The MIT Press, 2008, p. 89-150.

Lavagnino, John. "Digital and Analog Texts." In: *A Companion to Digital Literary Studies*. Hoboken: Wiley-Blackwell, 2007, p. 402-414.

O MOMENTO MAIS EMOCIONANTE DA VIDA DE ALMA

Um novo conto do gênio da ficção.

Por Etgar Keret

O momento mais emocionante da vida de Alma ocorreu no Zoológico Bíblico de Jerusalém quando ela tinha menos de sete anos. O russo que limpava as gaiolas, e que depois foi descoberto como alcoólatra, deixou aberta a porta de uma delas, cujo ocupante aproveitou a oportunidade para passear de manhã.

Foi assim que Alma, que esperava a mãe do lado de fora dos banheiros em forma de baleia do zoológico, acabou a menos de dez metros de um leão africano que respondia pelo nome de Charlie. Após um segundo de constrangimento, Alma sorriu para o leão, que sorriu de volta, continuando a se aproximar. Logo que ele chegou perto o suficiente para Alma tocar sua juba, a mãe, saindo do banheiro, gritou e desmaiou.

O momento mais emocionante da vida de Tsiki foi quando ele pediu Alma em casamento. As mãos dele suavam e o pedido rimado que preparara não saiu tão engraçado quanto esperava. Quando ele acabou, ela abriu o sorrisinho que sempre dava quando estava muito estressada. Vendo a boca tensa, Tsiki tinha certeza de que ela se esforçava para encontrar uma forma pouco ofensiva de dizer: "Não." O que ela disse, por fim, foi "Por que não?", que não era tão claro quanto "Sim", mas bastou para que o coração de Tsiki desse cambalhotas no peito.

Há algo de injusto na vida. Não estou falando do aborto clandestino feito por Alma na adolescência, que a deixou incapaz de ter filhos. Falo dos momentos mais emocionantes das vidas de Alma e de Tsiki. É um pouco injusto que seus momentos mais emocionantes não tenham sido o mesmo, além do fato de terem acontecido há tanto tempo que não há nada para esperar. Claro, Alma ainda pode fantasiar sobre como teria sido a vida se a mãe não aparecesse naquele momento. E Tsiki definitivamente se pergunta, em certos momentos, o que teria acontecido se Alma recusasse o pedido. Mas perguntas são só perguntas.

Para Alma, na verdade, não é mesmo só uma pergunta. Às vezes ela chega a sonhar com o que aconteceu no Zoológico Bíblico. O cabelo trançado e o leão tão próximo que ela sente o bafo quente no rosto. Em alguns sonhos, o leão a toca de forma amigável; em outros, ele abre a boca e ruge, fazendo com que ela acorde assustada. Portanto, pode-se dizer que, desde que ela continue sonhando, o momento não passou por completo. Mas sonhar, com todo o respeito, não é o mesmo que viver.

*Traduzido a partir da versão
para o inglês de Sondra Silverston*

PLANETAS BINÁRIOS
A linha do tempo de gêmeas, juntas e separadas.
Escrito por Ogechi Egonu e Ugochi Egonu,
ilustrado por Elly Malone

Como gêmeas, estivemos uma ao lado da outra a vida inteira. Nós nos conhecemos como nossas próprias mãos e, com um olhar, sabemos exatamente o que a outra pensa. Nosso amor nos carregou por alegrias e lágrimas — e nos deu espaço para crescermos sozinhas também. Esta linha do tempo comemora as memórias que compartilhamos e como elas afetaram nosso relacionamento como irmãs.

FESTA DE ANIVERSÁRIO, SEIS ANOS
Ao som de música pop nigeriana, R&B e Radio Disney, dançamos o dia inteiro, de blusas vermelhas combinando e cabelos recém-trançados. Convidamos praticamente toda a comunidade Igbo da região de San Francisco e nossa mãe ainda chamou crianças aleatórias do parque para oferecer pedaços do bolo gigante de supermercado. Aquele dia pareceu a combinação perfeita de

todos os nossos mundos: amigos da escola, amigos da igreja e amigos do bairro.

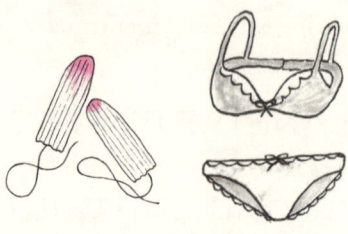

PRIMEIRA MENSTRUAÇÃO

UGOCHI Quando finalmente fiquei menstruada, eu tinha 12 anos. Fazia muito tempo que eu esperava e achava que estava atrasada para a festa da menstruação. Eu me lembro de acordar, ver o sangue e ficar muito empolgada. Achei que ficar menstruada me tornaria mais sofisticada ou adulta, mas depois do primeiro dia notei que era a mesma Ugochi de sempre, só que mais sangrenta.

OGECHI No dia em que acordei e Ugochi tinha ficado menstruada, fiquei furiosa. Antes disso, Ugochi e eu estávamos estranhamente animadas para a puberdade, folheando livros sobre o assunto e falando sem fôlego sobre *a jornada de ser mulher*. Tínhamos longas conversas sobre os melhores lugares para guardar nossos absorventes teóricos e compartilhávamos dicas pseudocientíficas que supostamente faziam peitos crescerem mais depressa (incluindo beber muito leite, engolir miojo com espinafre e rezar com ardor). Por eu ser a mais velha (por um minuto!), achei que ficaria menstruada um pouco antes dela, ou pelo menos *exatamente* ao mesmo tempo. Fazíamos tudo juntas, de comprar os primeiros sutiãs a perder os dentes de leite, mas a menstruação de Ugochi foi um sinal físico de que estávamos crescendo — e que não seria sempre ao mesmo tempo.

Passei o dia sem falar com ela, a não ser que fosse para comentar que ela estava de TPM ou resmungar que era uma traidora. No segundo dia eu me acalmei, porque notei que agora ela podia me contar como *realmente* era ficar menstruada. Quando minha menstruação veio uns meses depois, foi uma grande frustração, mas fiquei feliz de ter isso em comum com minha irmã outra vez.

O COMEÇO DO SÉTIMO ANO

O sétimo ano foi a primeira vez que nossa mãe nos liberou para escolher o que queríamos vestir. Líamos revistas adolescentes com atenção, para criar nossa *imagem*. O estilo se tornou um canal importante para descobrirmos quem éramos e para experimentar com as personalidades diferentes ligadas a cada *look*.

OGECHI Meu objetivo era chamar atenção. Na prática, isso se traduzia em camisas coloridas e estampadas, sapatilhas brilhantes e um pouco de batom se nossa mãe não estivesse prestando atenção (ela ainda insistia em uma proibição total de maquiagem). Enquanto isso, Ugochi escolheu o uniforme não oficial da turma: calças jeans justas e camisetas de gola V. Ainda éramos melhores amigas, mas tinha algo de diferente. Ugochi mencionava casualmente algum dos amigos "descolados" e eu revirava os olhos. Não acreditava que ela queria ser amiga da mesma galera que achava minhas roupas, cuidadosamente escolhidas, ridículas. Foi a primeira vez que senti que nos viam como personalidades contrastantes: Ugochi era a irmã "descolada", e eu era a "esquisita".

UGOCHI O sétimo ano foi uma das épocas mais constrangedoras da minha vida, marcada pela boca com gloss exagerado e pela obsessão por *boy bands*, como é costumeiro. Foi a primeira (e última!) vez que me preocupei de verdade com a opinião alheia. Parei de usar o chapéu roxo da seção infantil do Walmart que adorava e comecei a usar a mesma calça jeans justa da Forever 21 que todas as garotas da turma vestiam. Tentei me vestir e agir como as garotas que não ligavam para mim. Não tinha nada em comum com elas, mas queria sua aprovação porque eram *populares*. Fazer parte de um grupo de amigos que não me apoiava, nem me conhecia bem, me deixava mal. Eu era tão grata por ter minha irmã, que se preocupava mais comigo do que com a opinião de um garoto qualquer no corredor.

INTERNATO

No nono ano, nós duas decidimos mudar para um colégio interno do outro lado da região. O internato era uma espécie de rito de passagem na família: nossa mãe estudou em um na Nigéria e nosso irmão, em um na Pensilvânia, então parecia a escolha certa para a gente também. Nós duas estávamos prontas para experimentar uma mudança de ritmo, nosso primeiro gostinho de independência. Passamos as férias antes de ir vendo *Zoey 101*, *Só para mulheres* e *Harry Potter*, como "pesquisa para a escola".

Nossa preparação cuidadosa não ajudou muito: no fim das contas, um castelo mágico cercado por uma Floresta Proibida não se parece tanto com uma escola em uma cidade pequena e homogênea. Apesar de termos saído de uma cidade diversa, nunca sentíamos tanta saudade. Claro que queríamos comer os pratos tradicionais nigerianos da nossa mãe e ver nossos amigos, mas ainda estávamos juntas. Assim, fizemos novos amigos, estudamos para provas e reclamamos da Terça Italiana no refeitório. Era muito reconfortante saber que não estávamos sozinhas ali e que tínhamos com quem falar da quantidade de alunos brancos na turma ou analisar longamente o último álbum do Childish Gambino.

DESCOBRINDO A ESCRITA

UGOCHI No primeiro ano, vivi uma crise de identidade adolescente: estava cansada de ser conhecida como gêmea e queria me destacar de Ogechi. Comecei a me interessar muito pela escrita e a participar de competições de poesia e da comunidade de *slam*. Eu amava isso tudo, então comecei a me definir como A Escritora.

No ano seguinte, Ogechi começou a participar da mesma competição e fiquei um pouco enciumada. Escrever e apresentar parecia uma parte especial da *minha* identidade, mas de repente a pessoa da qual eu tentava me diferenciar estava fazendo a mesma coisa! Comecei a me sentir amarga e invejosa quando ela ia bem, em vez de apoiá-la como ela me apoiava. Finalmente, depois de ver como ela se apresentava e como se esforçava nos poemas, notei que estava sendo injusta. Ogechi tinha tanto direito quanto eu de explorar a criatividade. Agora, sou sempre a espectadora mais barulhenta, quem mais aplaude e comemora quando Ogechi sobe no palco. Demorei, mas acabei entendendo que não precisava provar para ninguém, muito menos para mim mesma, que éramos diferentes.

OGECHI Sempre amei palavras: lia todo tipo de livro na biblioteca pública, escrevia em diários, preparava peças e monólogos. Como Ugochi tinha decidido que era a escritora, senti que não podia gostar disso também. Por isso, escrevia poemas na cabeça ou nas margens da lição de matemática, mas não levava a sério. Estranhamente, o que me inspirou a compartilhar minha escrita em público foi Ugochi. Os poemas que ela escrevia falavam de autoconfiança e ela sempre parecia ter muito controle sobre as apresentações. Quando me aproximei mais da poesia falada, abandonei o medo de invadir o espaço dela. Considerando as milhares de palavras no dicionário, temos muito espaço para nos desenvolvermos separadamente como escritoras.

EMERGÊNCIA FAMILIAR

Nosso irmão, Michael, é sem dúvida o preferido da família. Extrovertido, ele foi aceito nas melhores faculdades e é como todos os parentes querem que os filhos sejam, alguém que todos admiramos. Quando foi diagnosticado com linfoma em estágio IV em novembro de 2015, a família toda foi afetada.

UGOCHI Eu me dizia que não era verdade, que os médicos deviam ter errado o diagnóstico. Tentei lidar da mesma forma com que lidava com outras situações emocionais: seguindo em frente e agindo como se nada tivesse acontecido. Sabia que Michael não queria que fizéssemos muito escândalo, então tentei agir normalmente e brincar com ele, mas tudo parecia forçado.

Quando voltamos para a escola, eu desabei. Tentei reprimir o que sentia, mas não podia negar que estava aterrorizada. Passei boa parte do ano chorando sozinha, sem saber como processar minhas emoções. Por fim, notei que precisava conversar com alguém.

OGECHI Quando soubemos que Michael estava doente, tínhamos acabado de ser crismadas na Igreja Católica. Na catequese, aprendemos sobre os sete sacramentos, que são basicamente uma lista de atos sagrados a serem feitos antes de morrer (a crisma é a segunda etapa). Eu me lembro de ficar muito confusa: ali estava meu irmão, que tinha acabado de começar a faculdade e que eu via como tão cheio de vida, agora provavelmente encarando o fim. Não era essa a ordem dos sacramentos.

Nossa família se voltou para a reza: rosários noturnos ao redor da cama de Michael, minha mãe espalhando água benta pela casa, qualquer coisa que nos desse alguma sensação de controle. Mas o que já fora reconfortante agora parecia sufocante. Eu não tinha mais a mesma confiança em Deus que me levara à crisma. Eu me sentia vazia.

OGECHI E UGOCHI Por mais clichê que pareça, há luz mesmo nos momentos mais escuros. No ano mais difícil da nossa vida, fomos a luz que a outra precisava para atravessar o túnel. Nós nos cuidamos *juntas*. Às vezes com conversas chorosas sobre como era difícil equilibrar os medos pelo nosso irmão, a escola e a vida além disso. Às vezes com maratonas de filme e doces. Nós nos aproximamos da família, ligando com frequência no Skype para dar notícias. Rezamos e, aos poucos, o ato voltou a ser significativo. Em junho, o câncer de Michael entrou em remissão.

COLÔNIA DE FÉRIAS

Nas férias antes do terceiro ano, nós duas fomos atrás de assuntos pelos quais éramos apaixonadas e nós duas viajamos para muito longe de casa. Foi o maior período de tempo que já passamos separadas, mas concordamos que foram as melhores férias das nossas vidas.

UGOCHI Fui para uma colônia de férias de escrita, onde fiz um grupo de amigos incrivelmente talentosos e dedicados à sua arte. Nós nos conectamos pelo amor por poesia beat e por escritoras feministas. No começo foi estranho, porque eu estava acostumada a achar que a única pessoa que entendia meus sentimentos era a que vivera aquelas experiências comigo: minha irmã. Foi revigorante conhecer gente que não me via como Ugochi-e-Ogechi, só Ugochi. Fui livre para ser Ugochi, para descobrir novas partes de mim como escritora e indivíduo. O último dia de férias foi agridoce.

OGECHI Saí da Califórnia pela primeira vez para participar de um programa de imersão de mandarim no Mississippi. Sem Ugochi, fui livre para ser só Ogechi, em vez de Ogechicadêsuairmã. Esse tempo de separação me ajudou a me encontrar. Fiz amizade com pessoas inteiramente diferentes de mim e descobri um mundo completamente distante da minha bolha de São Francisco. O verão úmido do sul foi repleto de noites viradas decorando palavras até todas se misturarem, festas para rebolar até o estresse ir embora e uma quantidade preocupante de pizza. Eu não mudaria nada.

O FUTURO

UGOCHI Quando éramos menores, Ogechi e eu fizemos um plano de sermos vizinhas de porta, casadas com outros gêmeos. Depois de dezessete anos grudadas, abandonamos o plano. Sempre seremos melhores amigas, mas estou animada para entrarmos em faculdades diferentes e continuarmos a crescer sozinhas — por exemplo, viajando para outras partes do mundo.

OGECHI Apesar de termos concordado em ir para faculdades diferentes, acabamos nos inscrevendo em muitas iguais. Mesmo se acabarmos em lugares separados (o que eu espero que aconteça), não vamos nos *sentir* mais distantes. Passamos por tudo juntas e alguns quilômetros não me impedirão de dar um jeito de pegar metade das roupas do armário da Ugochi. Com FaceTime, Skype e tudo o mais, minha irmã nunca estará longe.

ALÉM DO AUTORRESPEITO
Eu não perdi o respeito por mim, mas por ele.
Por Jenny Zhang

Meu primeiro namorado usava elásticos pretos cruzados formando um *X* nos pulsos. "Um para cada vez que levei um pé na bunda", explicou ele. Quando não mostrei preocupação, ele acrescentou: "Cada um representa uma tentativa de suicídio." Ele estava falando sério e esperava compaixão, o que recebeu. Eu tinha 14 anos e ainda não questionava a validade da ideia de que uma garota não querer sair com um cara potencialmente causaria a própria *morte*, mas, anos depois, me ocorreu que, quando alguém partisse meu coração, qualquer sentimento horrível de tristeza que eu sentisse seria culpa minha, não da pessoa que me rejeitou. No começo, achei sua fragilidade atraente, um alívio bem-vindo no meio das exibições nojentas de masculinidade dos outros garotos da escola. Ele era o vocalista de uma banda de screamo hardcore straight edge, cujas músicas falavam principalmente de garotas gatas que não queriam ficar com ele. Um dia passamos por um grupo de jovens negros escutando rap na caixa de som, e ele disse: "Sabe por que não gosto de rap? Porque é uma *merda*."

Eu devia ter respondido "Uau! Você não é engraçado *e* é racista!", mas em vez disso sorri e fingi rir, como se fosse uma piada hilária. As coisas que achei que tínhamos em comum (uma afinidade por punks esquisitos e um desprezo pela galera popular) acabaram sendo falsas. Comecei a suspeitar que ele tinha entrado na onda da música hardcore e straight edge para se aproveitar de garotas com quem queria sair e que ele falava mal das garotas populares não porque elas eram cruéis com quem quer que fosse pobre, gordo e/ou não branco, mas porque se valorizavam e não davam bola para ele. Quando terminamos, uma amiga me contou que foi a um show em que a banda dele tocou, e ele dedicou a música nova "para aquela piranha que partiu meu coração". No dia seguinte, quando eu o vi no corredor, ele tinha acrescentado um X de elástico à coleção do pulso. Uma parte de mim ficou magoada, outra, defensiva, e outra só o achou patético. Mesmo assim, voltamos a namorar um ano depois, e ele foi tão amargurado, ridículo e reclamão quanto fora no ano anterior. Voltei com ele porque não me respeitava? Como muitas garotas experimentando com relacionamentos, eu era ambivalente. Gostava dele, mas ao mesmo tempo me achava superior. Apesar dos outros alunos da escola não gostarem muito de mim, e apesar de garotas não brancas não serem recompensadas por terem orgulho de si mesmas, lá no fundo, sob camadas de ódio e dúvida, eu acreditava na minha criatividade, na minha inteligência e no meu valor.

No mesmo ano, fui a uma palestra obrigatória da escola para encorajar a consciência e a prevenção do HIV. Uma das palestrantes contou que descobriu ser soropositiva depois de um homem convencê-la a não usar camisinha. Ela tinha uma lição principal, direcionada a todas as garotas: "Não espere que um garoto te respeite se você não se respeitar!" Eu poderia ter levado o conselho a sério se não fosse pelos garotos da minha turma, que, antes, durante e depois da palestra, a chamaram de "piranha que gostava de dar", "uma puta feia demais para contrair Aids" e pior, em voz alta e sem nenhuma vergonha. Do que adiantava as garotas se respeitarem, quando sempre tinha um garoto por perto para nos lembrar que nosso valor estava diretamente ligado a quanto eles queriam transar com a gente? Que tipo de autorrespeito é possível em uma sociedade que bombardeia garotas o tempo inteiro com a mensagem de que ser atraente demais a torna uma piranha, mas ser atraente de menos a torna uma baranga? Ouvir os garotos falarem assim me fez sentir vergonha, mas, mais do que isso, eu queria que eles sentissem vergonha também. Queria dar um jeito de demonstrar minha falta de respeito por eles e queria que doesse.

Na faculdade, frequentemente me envolvia com caras que faziam com que eu me sentisse ao mesmo tempo desejada e desprezada. Um namorado, ao ganhar o primeiro lugar em uma competição disputada de escrita na qual eu saíra em terceiro, me disse: "Não se preocupe, um dia você será tão boa quanto eu." Era para ser fofo, mas fiquei ofendida. "*Um dia?*", reclamei para meus amigos. "Eu *já* sou melhor do que ele!", falei com sinceridade. Eu o achava um pouco misógino (sempre que eu falava que alguma coisa era machista, ele dizia que eu estava me comportando de "maneira assustadora") e racista (na única vez em que ele ouviu uma conversa de cinco minutos que tive com outra imigrante sino-americana sobre comidas que amávamos, reclamou de se sentir "totalmente ignorado e rejeitado", apesar de todos os dias eu ouvir longas conversas entre ele e os amigos brancos fazendo referências culinárias e culturais que eu não conhecia) e achava sua escrita cafona para caramba. Não precisava que ele me garantisse que eu seria boa como ele um dia; o que eu queria era que ele reconhecesse que teria *sorte* de ser bom como *eu* um dia.

Outro namorado (branco) disse que nunca tinha considerado a sério se seu padrão de namorar exclusivamente mulheres asiáticas era problemático e, quando insisti para que ele explicasse por que se sentia tão atraído por garotas asiáticas, enfim admitiu: "Porque é mais fácil lidar com elas." Apesar de ter perdido respeito por ele ao ouvir isso, continuei a namorá-lo por vários meses. Depois, tive um caso rápido com um monitor muito mais velho que flertava não só comigo, como também com todas as alunas que frequentavam as aulas maquiadas e com suas melhores roupas. Quando passou a excitação inicial do segredo e da transgressão, notei como ele adorava receber atenção de mulheres mais novas, da minha idade. Para um homem de quase 40 anos, não caía bem. Anos depois, sempre que eu o via ele estava acompanhado por uma nova mulher mais jovem, sempre de 19 a 23 anos. Sei que isso faz com que eu pareça a garota idiota que se apaixona pelo professor e se acha *muito* especial, até notar que o professor tem um hábito de se aproveitar de garotas indiscriminadamente, usando a vantagem de um desequilíbrio de poder que pende a seu favor. Talvez eu fosse uma garotinha insegura em busca de atenção, mas e ele? Não era um homem *adulto* em busca de atenção? Validação? Carne fresca? Alguém que ele podia impressionar facilmente? Um homem de 40 anos não devia ser responsável por resolver esse problema antes de uma garota de 19?

No caso de garotas adolescentes, supõe-se que o fardo do respeito é delas, só delas. Elas aprendem que é a maior prioridade se quiserem ser amadas, mas por que garotas precisam se respeitar antes de serem respeitadas? Por acaso garotas adolescentes inventaram, sozinhas, padrões impossíveis de beleza, inteligência, juventude, inocência, responsabilidade, bondade, humildade e subserviência? Apesar de tanta ênfase no respeito, raramente pedem para garotas adolescentes elaborarem as *suas* expectativas e exigências de respeito. Em geral, casais famosos que faziam todo mundo dizer "quem me dera" acabam, depois do término, se mostrando exemplos de homens que não mereceram o direito de serem amados pelas mulheres que os amam. O que significaria merecer o amor e o respeito de uma mulher? Não perguntamos nada disso para as garotas ou para a sociedade na qual são criadas; em vez disso, destilamos os males do patriarcado e da misoginia em um slogan superficial de empoderamento: *Se respeite!*

"Você está perdendo o respeito por ele e é difícil recuperar respeito perdido", uma amiga me disse por mensagem quando comecei a me apaixonar por alguém que lidava com uma dor muito antiga que o impedira de ter um relacionamento longo com... bem, praticamente qualquer pessoa antes de mim. Ele tinha problemas com comprometimento, medo de intimidade, trauma reprimido e mais um monte de questões que ameaçavam a estabilidade do nosso relacionamento e, para ser sincera, eu *não aguentava mais* me relacionar com homens que não sabiam lidar com as próprias merdas e exigiam tanta energia. "Tenho 33 anos, cacete", reclamava com amigos. "Não tenho tempo para isso. Não posso estar com alguém que tem medo de se conhecer. Não tenho tempo para ensinar mais um cara a se soltar. Não tenho energia para ensinar esses garotos emocionalmente atrofiados que chegaram à vida adulta sem ter que prestar contas para ninguém, incluindo para si próprios." Era verdade: eu não tinha. Estava cansada de ser a pessoa no relacionamento que precisava assumir meus problemas e minhas inseguranças, que seriam usadas como armas contra mim, sem qualquer reciprocidade.

Por isso, quando minha amiga me disse que talvez eu não tivesse perdido o respeito por *mim*, mas por *ele*, senti uma clareza repentina. Ela dissera o que nenhum professor, nenhuma figura de autoridade e certamente nenhum homem me aconselhara a considerar: se alguém quiser estar comigo, precisa merecer meu respeito *e* honrar minhas expectativas e exigências para esse respeito.

A forma com a qual falamos sobre respeito e garotas adolescentes precisa mudar. Quero que garotas aprendam a desrespeitar os homens em sua vida que causam dor e violência, quero que aprendam a desrespeitar valores patriarcais que prendem e humilham. Pensando nos meus relacionamentos passados, consigo apontar para o momento exato em que perdi o respeito pela pessoa que namorava. Costumava acontecer no começo — com um comentário casualmente ofensivo que traía níveis mais profundos de racismo, uma piada sem graça que revelava o quanto ele temia e odiava mulheres, ou até uma fala delirante que mostrava uma completa falta de noção —, mas, quando eu era mais nova, sempre continuava a namorar a pessoa, dobrando meu comprometimento, mesmo enquanto perdia o respeito por ele. Essa é a parte mais perturbadora: eu achar que podia amar alguém que não respeitava.

Depois da conversa com minha amiga, contei para a pessoa que namorava na época que precisava voltar a respeitá-lo para que funcionasse. "Algumas coisas que você fez e disse me levaram a perder o respeito. Não posso te amar se não te respeitar." Era verdade: eu não podia. Se esse for o problema das garotas de hoje, então... que bom para a gente.

PARA AMY E OUTRAS MULHERES QUE CARREGAM O CAOS
Por Bassey Ikpi

Se viver sua dor silenciosamente, vão te matar e dizer que você gostou.

— *Zora Neale Hurston*

a chama e o chiado
não foram feitos para durar tanto
não fomos feitas para seguir o sol
incertas, como somos, que os dias ocorrerão sem nós
então acordamos
e erguemos
e empurramos
e jogamos os corpos através dos minutos
colecionando pilhas respeitáveis de tempo
desejamos ser elogiadas por "tentar"
talvez alguém nos chame de corajosas
ou fortes
ou se impressione por não sermos como essa
ou aquela
certas que os sussurros não tocam nossa pele

drogas.
bebida.
homens que nos odeiam por amá-los.
tudo isso para abafar a dor da vida.
diga que valemos a confusão que causamos
diga que nos amará até o caos escorrer dos ossos
minta se precisar

gostamos do peso da água
apreciamos os macaréus imitando nosso humor
carregamos o coração ao mar
buscamos a jangada
buscamos a boia
voltamos naufragadas
detritos estilhaçados
água salgada e manchas de sangue
tentamos
todo dia um novo começo
engatinhando de volta para a cama
quando cai a noite
clamando por deus, jeová, allah
rezamos para que chamem jesus, buda, maomé
quem quer que responda quando estamos em guerra conosco.

escolhemos drogas.
escolhemos bebida.
escolhemos homens que nos odeiam por amá-los
diga que valemos a confusão que causamos
diga que se rezarmos com força o caos escorrerá dos ossos
minta se precisar

é só questão de tempo até pararmos de sangrar
ridicularizarão as manchas nos lençóis
antes da dor partir por completo
nos perguntarão como causamos isso
por que não recebemos o sol como o resto do mundo
por que nos voltamos para homens e drogas e bebida
em vez de deus e trabalho e dinheiro
ninguém tem coragem de contar por nós
que não escolhemos.
não fizemos nada para merecer ou convidar a fera
não pedimos nossas pegadas no sol
o caos que vestimos na cabeça
a vida que não é punição
nem prêmio
a vida vira de ponta-cabeça
fácil como o julgamento
brigamos conosco
evitamos as palmas
desviamos dos punhos
só para vivermos a vida em que se encaixa
para sairmos vivas
intactas
um pouco menos queimadas

então diga
diga que valemos a confusão que causamos
diga que o caos um dia escorrerá dos ossos
minta se precisar

NÃO CORRESPONDIDO
Celebrando o meme emo(cional).
Por Kiana Kimberly Flores

Considero escrever um ato secreto de confissão. Uma forma de encontrar sentido nas partes emboladas da vida. Minha disposição me joga facilmente no hábito abismal de rabiscar ou digitar palavras. Não costuma ser divertido, ao contrário do que outros imaginam; ao contrário do que eu mesma acreditava. Tentei desenvolver formas de tornar a escrita mais "divertida", o que acabou sendo um enorme desperdício de tempo, mas pelo menos eu estava fazendo algo.

Escrevo cartas de lembretes, cartas para meu eu do passado, cartas para quando estou sozinha desde os nove anos. Na época, estava lendo secretamente *O diário secreto de Laura Palmer*, da Jennifer Lynch, uma anotação romântica (na minha opinião) da vida diária de uma garota misteriosa, porque gostava de ter segredos só para mim. O livro iniciou minha fase obsessiva de escrever em diários, mas pouco a pouco voltei a escrever cartas, por achar que o formato típico do diário era um pouco exagerado para minha mente em desenvolvimento. Escrever cartas funcionava para descrever emoções que me deixariam sem voz, ou sentimentos extremos que fariam minhas mãos tremerem, e para traduzi-los na página, com fluidez e discrição. Mandar ou não mandar, eis a questão. Shakespeare estava meio certo, afinal.

A primeira vez que escrevi uma carta com destinatário foi no primeiro dia de 2015. Eu estava no segundo ano da faculdade, perfeitamente embrulhada pela ideia do amor romântico: aquele que desafia todas as regras e leis dos homens e dos deuses; aquele que escritores descreviam, clamavam e rejeitavam, se escritores fizessem mesmo isso; aquele pelo qual poetas morriam, se poetas morressem. A lógica era que eu queria ser amada como se merecesse.

Escrevi a carta em papéis apressadamente arrancados do meu diário, indo e voltando do armário para o quarto, onde os livros dormem comigo, procurando a camiseta mais preta que tenho. Escrevi com força, desesperada por acabar com a tortura até se tornar uma tarefa — um sentimento pesado como chumbo em meu peito. Talvez eu tenha chorado.

Passei a primeira semana de 2015 tentando casualmente redirecionar minha atenção para não mandar a carta. Resolvia problemas de forma obsessiva, mesmo quando não tinha nada a resolver. Achava que ao escrever, ao deixar que ele soubesse o que acontecera comigo, eu encontraria algum tipo de liberdade. Naquele papel, rabisquei uma lista dos motivos para ter me apaixonado por ele e, depois, para ter carregado essa verdade comigo. O processo de se apaixonar, especialmente a distância, sempre tem algo que me deixa irrequieta: um toque inesperado, um olhar tão sincero que me faz querer passar um dia com aquela pessoa antes do pôr do sol em Viena, o mesmo livro preferido. Até os sentimentos evaporarem. Até certos momentos gloriosos com alguém se tornarem um manuscrito exagerado e excessivamente editado da história na minha cabeça. Em *I Love Dick*, Chris Kraus pergunta: "Será que analogias tornam as emoções menos sinceras?"

Gostaria de me redimir e dizer que mandei a carta. Pena que não minto bem. A correspondência de cinco páginas permanece onde estava, enfiada no meu diário com os arabescos de folhas verdes na capa. Sempre que remexo nos meus cadernos, a carta me assombra, assim como *O iluminado* me assombra e assombra todos os que conheço: os galões de sangue falso irrompendo; como a carta poderia abrir uma comporta de emoções no lobby do hotel do meu coração pulsante. Achei que transformar algo intangível em uma manifestação física o impeliria a se apaixonar por mim — uma solução perfeita, a única solução. Kraus, ainda: "O que antes parecia ousado agora é só juvenil e patético." Naquele dia, me senti pequena, agachada na cama, arranhando o papel com gosto, enquanto minha mente pulava de um lado para o outro.

O que é bom de acreditar em teoria não é viável na prática. Como o amor romântico (pelo menos aquele que é anunciado em néon) ou a paixão por alguém que nem estava ali, nem tem intenção de estar. Segui esses ideais muitas vezes e o resultado sempre foi tristeza. Achei que encontraria liberdade ao escrever aquele lixo — e ganhei. Decidi que não foi um caminho para que eu e aquele cara andássemos romanticamente de mãos dadas na praia, mas um lembrete de como eu me sentira capaz naquele primeiro dia do ano, de como eu estava pronta para sentir o que Terence McKenna, na apresentação "Unfolding the Stone: Making and Unmaking History and Language", chamou de "a dança xamânica na cachoeira".

Eu queria ser amada como se merecesse, mas o caminho que escolhi era de má-fé: um amor superficial guardado em uma caixa brilhante com um laço dourado. Se eu quisesse ser amada como se merecesse, não teria atravessado estradas de sofrimento por outra pessoa; minha existência básica teria bastado. (Ou bastará?) Eu me pergunto se é esse o amor registrado naquele verso de I Coríntios ("O amor é paciente, o amor é bondoso..."). Por fim, entendi que, se sou capaz de atravessar os fogos do inferno por *alguém*, certamente posso fazer o mesmo por mim um dia. Confio nesse sentimento, que carrego como talismã.

Temo que escrever o que sinto — em especial Sentimentos Românticos Sérios — e mandar para o sujeito amado me faça parecer um meme. Um meme bastante emo(cional). Temo que despejar meus sentimentos os torne grudentos como mel: clichês. Como se encarasse o pôr do sol por tempo demais, até o resplandecer exigir uma explicação. *Será que analogias tornam as emoções menos sinceras?* Essa aversão a Sentimentos atrapalhava minha existência diária sem merecer atrapalhar, por isso aceitei que sou meu próprio meme — e aceito ser para sempre — e que, sim, sou emo(cional) à beça. O mundo me diz coisas ridículas sobre solidão demais, sentimentos demais, até grandiosidade demais. Uma história gasta sobre exagerar, em que escrever em diários é "querer atenção" e rir alto em público "não é educado para moças". No entanto, discorrer longamente para e sobre meus sentimentos é meu modo de aprofundar quem sou, quem quer que eu seja naquele momento: adolescente obcecada, escritora prolífica de cartas, mulher, pessoa.

Minhas cartas para um garoto desmentiram o que eu acreditava serem verdades firmes sobre o amor romântico. Acreditei encantada pelo conceito, certa de que era a regra. É possível se agarrar muito a uma crença — até se apaixonar, escrever uma carta e se recusar, ou temer, mandar. Não pude contar para um garoto que eu sofria, sentia e lamentava. Ele não pôde responder, nem deixar de fazê-lo. Ele não pôde dizer: "Vai se foder, sua doida! Qual é o seu problema?" Muita gente me disse que eu não devia chorar ou sofrer por um amor não correspondido porque (a) "Querida, ele não teve culpa por você se apaixonar", (b) "Amiga, ele não pediu para ser amado" e (c) "Cara, sai dessa! Nem era correspondido". Será que reciprocidade torna as emoções mais sinceras?

VOCÊ EM PRIMEIRO LUGAR
Cultivando força emocional.
Por Danielle Henderson

Você aprendeu a ignorar um sentimento. É aquele que começa como uma pulsação no fundo do corpo, mandando tentáculos sinfônicos de "NÃO" para o coração, que muitas vezes acabam decaindo em um coro decepcionante de "quem liga" até chegar lá. O sentimento vem com mais força quando você tenta se colocar em primeiro lugar: por exemplo, quando não quer ir ao cinema, mas tem medo de magoar os amigos se negar; ou se sempre faz o que seu parceiro prefere no fim de semana, mas não é assim que mostra amor?

Várias vezes por dia, durante aproximadamente dez segundos por vez — dos primeiros tremores elétricos ao fim espetacular —, você faz algo que seus ancestrais levaram séculos para desenvolver: você segue em frente e ignora o instinto de se amar em primeiro lugar.

Em geral, recebemos o conselho de nos amar sem nenhuma instrução firme de *como* fazê-lo. O conceito de amor-próprio acabou descendo para o de autocuidado, e autocuidado virou só um termo vazio, uma oportunidade para vender máscaras faciais e hidratantes caros, em vez de um convite para desenvolver inteligência emocional. Não tem nada de errado com pedicures, mas pés macios não importam se não aprendemos a nos amar por dentro.

Aprender a dizer não é aprender a dar limites; é provavelmente a parte mais importante do autocuidado, que muita gente nunca aprende direito. Parte do problema é que dar limites parece violento, como erguer uma parede que nos divide do mundo, mas a definição de inteligência emocional é baseada na capacidade de controlar e expressar emoções. A parte da inteligência emocional que trata dos limites é de fato uma questão de entender o que queremos antes de nos envolvermos ativamente com a ideia de diversão dos outros.

Aprendi a dizer não como um ato de limites e autocuidado no ensino médio. A vida adolescente pode ser muito regulada, por causa de pais, professores e trabalhos de meio-período; como eu só tinha umas cinco horas livres por semana, me tornei muito apegada a esse tempo. Não, não queria ir de jeito nenhum ao jogo de futebol; queria ficar em casa para assistir aos episódios de *The Kids in the Hall* que tinha gravado e que seriam mais interessantes do que ver os caras que me ameaçavam a semana inteira se jogando em um campo. Por que eu iria a uma festa na qual ficaria sem jeito no canto enquanto todo mundo enchia a cara, sendo que podia arrastar a máquina de costura até a mesa da cozinha para experimentar aquela costura francesa nova que tinha estudado na biblioteca? Claro que eu só sabia que não me divertiria nesses casos porque já tinha tentado antes; desenvolver uma noção clara de quem se é envolve riscos e experimentação. Mesmo assim, tudo bem odiar isso tudo depois de experimentar.

Eu me sentia um pouco esquisita por não gostar das coisas tipicamente adolescentes que esperavam que eu amasse, mas mantinha distante esse receio de me sentir de fora ao fazer coisas que certamente me deixariam feliz. É estranho confiar em si mesma em uma idade na qual ainda recebemos muitas ordens dos outros, mas isso é só um motivo a mais para insistir no autocuidado dos limites como um ritual pessoal: é um modelo que pode durar o resto da vida.

Amar-se em primeiro lugar nem sempre é questão de negar; limites emocionais às vezes têm mais a ver com dizer *sim* para o que queremos. Eu achava fácil não ir aos jogos de futebol, porque passar quatro horas treinando costura me deixava bem por *dias*. Queria costurar bem para fazer todas as roupas na minha cabeça, então fazia sentido passar o máximo de tempo possível me aperfeiçoando na prática. Mesmo que não soubesse na época, estava dizendo *sim* para o que me sustentaria pelo resto da vida: a capacidade de traduzir as ideias em minha mente em itens existentes no mundo real. Considerando que é literalmente o meu trabalho hoje em dia, acho que foi uma boa escolha.

Quando desenvolvemos o hábito de estabelecer limites e nos amar em primeiro lugar, afetamos profundamente a direção da vida, simplesmente porque nos obriga a prestar mais atenção a como nos sentimos. Começamos a notar amizades unilaterais, ou aprendemos a revirar os olhos apaixonados por pessoas que ameaçam roubar nosso brilho. Vampiros emocionais ficam para trás e abrem espaço para as pessoas que nos inspiram. Aos 18 anos, descobri que quem mais me botava para baixo era da minha família. A relação com minha mãe era frágil desde que ela me deixou na casa dos meus avós quando eu tinha 10 anos e nunca mais voltou, mas nunca tinha considerado cortá-la da minha vida até me formar no colégio. Nada no nosso condicionamento cultural nos prepara para viver sem mãe (seja por escolha ou à força), então foi uma decisão estranha, mas eu entendi: *Tentar manter um relacio-*

namento com minha mãe me faz mal, então vou parar. Eu me dei permissão para mudar de ideia e até deixei a porta aberta para ela por muito tempo, mas, no fim, não precisava do tipo restrito de amor que ela oferecia. Aprendi a me amar o suficiente por nós duas.

O tipo de força emocional que ganho ao me amar e me proteger também me dá mais autoconfiança. Confio em mim para sempre tomar as melhores decisões quanto ao que preciso, o que diminui a pressão de escolhas como pedir demissão ou adiar a faculdade por mais de dez anos. Isso não significa que a vida é sempre fácil; passei um bom tempo com muita dificuldade para encontrar algo que parecesse uma carreira. Mesmo assim, trocar meu trabalho ruim e instável em um café por um cargo de assistente de escritório foi definitivamente bom, assim como trocar o trabalho de assistente por um cargo na ONU foi uma decisão ainda melhor. Toda vez que saía de um emprego, era para entrar em outro que me aproximasse mais de meus objetivos, seja por pagar melhor ou por apresentar um ambiente melhor, com gente melhor. Estabilidade, comunidade e felicidade às vezes são mais importantes do que o salário.

Limites mudam como a maré com o tempo, mas nosso instinto raramente nos leva para o caminho errado. Você vai viver consigo mesma pelo resto da vida. Por isso, ame-se intensamente.

A MEMÓRIA É UM ANJO QUE NÃO SABE MAIS VOAR

Revelações, em retrospecto.

Por Jackie Wang

É estranho o que acontece quando abrimos mão das coisas negativas na vida — algo de bonito pode entrar.

Às vezes a vida nos dá essas rupturas como um presente.

Como quando B foi demitida e, na semana seguinte, recebeu a oferta de um novo emprego que pagava melhor, dava menos trabalho e era mais divertido.

"Não notei como estava infeliz até me demitirem."

Foi assim com meu último relacionamento também.

Não notei como era insatisfatório até acabar.

Agora que estou concentrada no que amo, me cercando de quem me faz feliz, não consigo deixar de me perguntar: *Sob que condições eu me traio tão profundamente?*

Demorei para te amar. Veio em pedaços. Não foi automático, como meus outros amores, mas sim uma mudinha que crescia com pequenos momentos de proximidade: sentada ao seu lado quando você praticava Bach no piano com a postura perfeita, lendo poemas de Pier Paolo Pasolini em voz alta na cama, comprando o brinquedo perfeito de presente para sua irmãzinha. Sei apontar para o exato momento em que senti amor por você pela primeira vez, mas agora não sinto nada. A sua realidade está desbotando. Lembro que existia amor, mas esse amor é como um recorte de jornal enterrado no jardim; o texto e as imagens mal são legíveis. É correto te deixar partir, mas, quando penso naquele momento inaugural, me pergunto se você me amava mesmo, ou como é possível uma experiência que parecia tão verdadeira ser corrompida pelo que veio depois.

Uma memória não é o fato do acontecimento. Memórias vivem em um ecossistema e são transformadas pelos eventos com os quais interagem. O relacionamento é o contexto no qual a memória vive.

CENA UM

Em uma noite no começo do meu relacionamento com M, estávamos na minha cama, discutindo a complexidade do amor entre irmãos. Comecei a falar dos filmes de Bertolucci, de uma cena de *Eu e você* em particular, na qual Olivia — a meia-irmã mais velha, drogada e perdida do adolescente misantropo Lorenzo — segura o rosto do irmão e canta "Ragazzo Solo, Ragazza Sola", a versão italiana da "Space Oddity" de David Bowie.

Ele ficou emocionado com o vídeo. Ouvimos a música de Bowie sem parar, procuramos a letra italiana e cantamos junto de brincadeira, dançando na cama e exagerando nos *R*. Dissemos que italiano era a língua mais bonita do mundo.

Foi assim que um fragmento compartilhado de mídia se tornou um capítulo no livro do nosso amor.

Entretanto, memórias não são estáveis. Podem ser deformadas, laceradas e mutiladas; podem passar por transformações.

O que revelações fazem com o que já aconteceu?

Há traições pequenas e grandes, feridas de intensidades variadas, mas é à menor que retorno hoje, por ter invertido por completo meu senso de realidade, o que eu via como verdade.

O que eu acreditava, o que você contou.

Você disse que tinha um amigo.

Você disse que tinha transado com a namorada do amigo.

Perguntei como vocês continuaram amigos depois de você transar com a namorada.

Ele não sabe, respondeu você.

Esquece. Menti. Nunca transei com a namorada dele, disse você mais tarde. Disse que precisava mentir.

Você disse que tinha parado de falar com ela seis meses antes. Disse que ela continuava a escrever e a flertar, mas que você não correspondia.

Você também mentiu sobre isso.

Não foi essa a revelação que mais me decepcionou.

Como eu invisto emocionalmente nas falsidades e ilusões que me
    oferecem mesmo quando as identifico?
Precisava acreditar que quem eu amava não era quem me feria
    que eu era uma inocente atingida pelo fogo cruzado do seu
    ódio
Porque eu via que ele sofria, não podia abandoná-lo
    e depois de cada onda de ofensas ele chorava e se desculpava
Às vezes só minhas lágrimas podiam atravessar sua raiva
    e depois ele desmoronava de culpa e gritava "Você nem gosta
    de mim!"

Aquele chamado... não podia ignorar
    aquele chamado primal do amor

Aceitava o dever para o qual eu fora convocada naqueles momentos
Por mais ferida que estivesse por seus ataques eu o reconfortava mas depois de cada episódio um pedaço de mim se afastava da relação
Meu corpo registrava essas traições emocionais
    e, ao longo do tempo, ficou cada vez mais difícil me sentir confortável ao me dividir com ele
Fiquei mais emocionalmente distante e seus ataques ficaram mais frequentes e severos
Mesmo quando eu sabia que não podia confiar nele para cuidar do meu coração
Fiquei porque sentia que a agressão vinha de um lugar de se sentir fundamentalmente incapaz de ser amado
Fiquei mesmo quando notei que minha existência como um ser humano autônomo com meus próprios sentimentos e necessidades o enlouqueceria
Fiquei até não ter mais energia para provar que ainda o amava, o amor tinha sido esmagado em mim
Acredito, em algum nível, que sou mais forte do que sou, que não serei afetada por comportamentos violentos?
Talvez eu acredite ser capaz de dominar qualquer situação com minha mente perspicaz, meu poder de observação aguçado, minha habilidade de analisar situações
Às vezes uso meu intelecto como defesa contra o terror de me conectar com meus sentimentos
Quem é a Jackie que mostro ao mundo: *tranquila, tolerante, forte, racional*
O que está atrás da máscara:
    solidão como condição ontológica,

a tristeza profunda de ter sido rejeitada e endemoninhada
pela minha mãe quando criança
Será que só amo quem me deixa estar sozinha?
Quem não nota quando estou triste
ou perdida em pensamento?
Quem só aceita o "eu" que mostro
mesmo que em particular só me sinta entendida em livros?
Será que alguém me vê?
O que é este desejo intenso por uma testemunha que vem com
uma rejeição veemente da mesma testemunha?
Desde criança sabia que sem o espelho do olhar amoroso materno
eu precisaria ser minha própria testemunha
Encontraria um jeito de *me fazer* em palavras.

CENA DOIS

Nossos relacionamentos românticos costumam ser tão disfuncionais e caóticos quanto nossa infância.

É por isso que não me surpreende que quem tem dificuldades em confiar encontre quem confirme a crença inconsciente de que ninguém é confiável.

Você pediu que eu confiasse.

Eu disse que me perturbava você mentir sem hesitar.

Para se isentar, você me mostrou as mensagens que trocavam.

Quando apontei mais das suas mentiras, que você estava flertando no período em que disse não estar em nenhum contato

Você disse que não era por amor, que era por dominação que você a incentivava para se vingar por ela ter te rejeitado.

Mas não foram os joguinhos de flerte que mais me feriram;

Foi um vídeo que você mandou do trecho de Bertolucci que eu te mostrei.

Perguntei por que você mandou o vídeo:
— Não acha que é romanticamente sugestivo?
— Acho, mas...
A linda memória foi arruinada.

Como é
    compartilhar algo belo com alguém que se torna parte do arquivo do amor?
Pessoas não são fungíveis.
O texto gerado entre duas pessoas é singular.
Quem te ama compartilha algo com você
    e essa abertura do coração é um convite para comungar —
    um portal para atravessar.
Porque italiano é a língua mais bonita do mundo,
    porque o amor entre irmãos é tão complicado e estranhamente sensível,
    porque somos novos amantes — eu mostro o trecho de Bertolucci
e rolamos na cama cantando a letra italiana da música de Bowie
Mas você pega essa coisa tão pessoal e significativa que compartilhei com você
e a diminui ao usá-la como sinal de influência em um jogo de guerra interpessoal.
Não é só por ter manchado a memória —
    da primeira vez que senti que te amava —
mas porque mostra sua preferência (ou talvez vício) por uma forma de relação que é falsa.

James Baldwin diz: "Não acredito no que diz, porque vejo o que faz."[2]

Mas parece que devo viver pela máxima: *Acredito no que diz, apesar do que faz.*

É desta forma que eu, também, me vejo vivendo uma vida falsa

porque as fantasias me permitem ignorar as contradições de minha vida e de minhas decisões

Mas agora quando mexo no que um dia foi o arquivo de nosso amor

Só resta uma pilha de dejetos

E uma memória que não tem mais asas.

---

[2] Tradução livre do trecho "I can't believe what you say, because I see what you do", do livro *The Devil Finds Work* (Vintage, 2011). (N. da T.)

AMOR LITERÁRIO
Transporte-se.
Por Emma Straub

Quando se apaixonam, as pessoas desaparecem. Todos conhecemos aquela amiga que parece até ter se mudado para Tombuctu, mas só está olhando apaixonada para seu novo amor. Esses amigos ressurgem meses ou anos depois, piscando como toupeiras perdidas na luz do sol, quando o amor foi acalmado pelo tempo para virar algo que pode ser integrado ao resto da vida. Isso também acontece com relacionamentos platônicos, quando conhecemos alguém por quem ficamos tão obcecados, que nos empolga tanto, que vestiríamos até sua pele se fosse possível. Para outros, esse amor pelo qual sumimos e nos esquecemos costuma ser encontrado em álbuns de música, séries de televisão ou no silêncio escuro do cinema. Para mim, no entanto, não é com casos tórridos, novos melhores amigos, nem nada disso. Na minha experiência, nada transporta mais — daquele jeito em que penso "não, espera, não quero ir agora, só mais um minuto, por favor!" — do que um livro. As palavras simples no papel me permitem entrar em outras vozes e outras vidas, como um truque de mágica escondido em um objeto retangular modesto.

Sempre fui assim. Mal me lembro das férias em família da infância porque as passava com a cara enfiada em livros da Lois Duncan e do Christopher Pike. No ensino médio, li e. e. cummings até nem reconhecer maiúsculas. Na faculdade, fui russa por alguns meses e só li Tolstói. Passei por uma fase Jane Austen, uma fase Henry James e uma fase Edith Wharton. Na faculdade, mergulhei de cabeça em Lorrie Moore. Levei seis livros na minha lua de mel, inclusive dois mistérios de Sookie Stackhouse, que eram péssimos. Li mesmo assim.

É claro que, para escritores, livros também são mapas. Se eu digo de onde vim, fica mais claro para onde vou. Os livros de Christopher Pike e Lois Duncan me fizeram amar enredo e movimento e também estragaram qualquer interesse por quem eu via como o rival limpinho, versão Disney, R. L. Stine, cujas histórias sempre acabavam como as que conto para meu filho de 3 anos, com uma confusão de identidades e sem nenhum problema. e. e. cummings me mostrou que eu podia ser livre, ignorar as regras, brincar. Tolstói me apresentou ao prazer da dor e à satisfação da perda. Os britânicos me ensinaram humor distante, subtexto e a deixar a vida interna florescer na página. Lorrie Moore me tornou mais engraçada, porque me permiti contar a verdade. Não sei muito o que os livros da Sookie Stackhouse dizem sobre mim: que não sou esnobe, quem sabe, e também que acho o corpo nu do Alexander Skarsgård muito atraente. Eles são todos parte de mim, como minhas orelhas pequenas, minha risada alta e escandalosa e as pintas que meus filhos cutucam com os dedinhos em meu rosto.

Agora que tenho dois filhos pequenos e uma vida que não oferece horas infinitas (nem muitas) de leitura ininterrupta, livros são ainda mais preciosos. Não os livros sobre maternidade, que leio me arrastando e morta de sono às 22 horas, porque preciso saber como fazer meu filho voltar a dormir, nem os livros que me pedem para ler e avaliar. Os livros que escolho ler por prazer precisam me agarrar com tanta força que me deixe incapaz de ignorá-los. Mesmo que, em outra época da vida, eu lesse em busca de energia (ver: Allen Ginsberg), beleza (ver: Jhumpa Lahiri) ou algum caso tórrido de amor que não vivia (ver: *Madame Bovary*), hoje leio em busca do sentimento mais primal: transporte rápido e completo. A melhor parte de ser escritora/mulher/mãe/humana é que não chego a um ponto em que o tanque está cheio; para continuar, crescer e aprender no caminho, preciso continuar a encher de combustível. Preciso viver nas palavras e nas ideias de outras pessoas, ver o que os personagens veem, cair de uma frase na outra em um adultério belo e sem fim. Preciso me apaixonar repetidas vezes para continuar comprometida com o trabalho, digamos.

Agora estou no meio do que vejo como um grande projeto pessoal, porque é menos assustador se eu pensar nisso como uma brincadeira e não como uma mudança enorme de vida com desafios gigantes: estou abrindo uma livraria. Minha livraria local fechou, então meu marido e eu decidimos abrir a nossa. Em teoria (sempre em teoria!), parece simples. Encontrar uma ou mais salas. Encher as salas com estantes e mesas. Encher as estantes e mesas com livros. Abrir a porta e ver as pessoas entrarem, pegarem um livro e se perderem. O difícil vai ser escolher cada livro naquelas prateleiras, um a um, e colocá-los ali, milhares de casos de amor em espera, milhares de passagens para Tombuctu, para outra vida, para a transcendência, todas em espera. Qual te aguarda?

O Top 5 De Livros Que Você Devia Ler Agora de Emma:

1. *A visita cruel do tempo*, Jennifer Egan
2. *The Colossus of New York*, Colson Whitehead
3. *Savage Beauty: The Life of Edna St. Vincent Millay*, Nancy Milford
4. *The Sisters: The Saga of the Mitford Family*, Mary S. Lovell
5. *A história secreta*, Donna Tartt

ADORO A PESSOALIDADE DAS PESSOAS

Uma conversa entre superpoderosos do YA sobre escrever amor adolescente épico e real.

Por John Green e Rainbow Rowell

RAINBOW ROWELL Nós dois escrevemos sobre adolescentes apaixonados — e *muito* —, mas não foi necessariamente minha história. Você estava apaixonado aos 16 anos?

JOHN GREEN Eu me apaixonei pela primeira vez aos 19, então quando escrevo sobre amor romântico entre alunos de ensino médio me baseio quase unicamente em conjectura. Você estava muito apaixonada nessa época? Você e o Kai não começaram a namorar aos, sei lá, 18 anos?

RAINBOW Não, eu conheci Kai, meu atual marido, aos 12 anos. (DOZE.) Mas só começamos a namorar depois da faculdade.

JOHN Conheci minha mulher, Sarah, aos 16 anos, mas não éramos nada próximos na escola. Ela só se lembrava de mim como "o garoto que fumava".

RAINBOW Não sabia que vocês tinham estudado juntos! Acho que eu já tinha me apaixonado aos 16 anos, mas não com uma pessoa de uma forma contínua. Não sei como explicar...

JOHN É exatamente como me sinto, na verdade! Já tinha me apaixonado, mas não de uma forma contínua. Sim. É isso.

RAINBOW Acho que eu tinha sentimentos muito profundos que ainda não sabia processar ou organizar. Assim como grandes momentos com pessoas que nem conseguia reconhecer.

JOHN Eu com certeza penso em alguns dos maiores momentos da minha vida adolescente quando escrevo.

RAINBOW Isso.

JOHN Mas não eram todos ligados a amor romântico. Algumas vezes, em pequenos momentos, eu sentia um amor profundo que parecia melhor e mais importante do que qualquer outra coisa na escola. Alguns momentos envolviam sexo ou romance, mas outros, não.

RAINBOW Nessa época eu tinha uma noção muito limitada de amor romântico, que não conseguia reconhecer na minha própria vida. Tipo, achei que as pessoas precisavam ser ou agir de certas formas.

JOHN Certo. Eu acreditava que parte de amar uma garota era idealizá-la, idolatrá-la, tratá-la como uma princesa, coisa e tal.

RAINBOW Isso! E, como garota, precisava ser idealizada!

JOHN Achava que era, digamos, minha responsabilidade como garoto colocar as garotas da minha vida em pedestais, mas claro que isso é horrivelmente destrutivo e objetificante.

RAINBOW Eu via muito isso nos meus amigos garotos. Também sentia que os garotos na minha vida, especialmente, estavam selecionando seus grandes amores; procurando garotas que se encaixavam no conceito de quem eles acreditavam que deviam amar. Garotas também fazem isso.

JOHN Com certeza, mas quando os garotos fazem isso acaba interagindo com as estruturas maiores da ordem social de formas bem perturbadoras.

RAINBOW Acho que minha autoestima era tão ruim que nem conseguia ver quando gostavam de mim. Nem conseguia me colocar nesse papel.

JOHN O que acho estranho quando penso nisso é que tentávamos nos ajeitar para encaixar na definição de parceiro romântico, sendo que o problema era a própria definição.

RAINBOW É aqui que a ficção me atrapalhou. Em geral, a ficção salvou minha vida, mas também me deu noções bem limitadas de amor romântico.

JOHN É, a mim também.

RAINBOW Você se lembra de conversar ou pensar sobre seu TIPO? Você fazia isso?

JOHN Fazia.

RAINBOW Tipo, seu IDEAL?

JOHN Isso. Eu tinha um tipo. Todo mundo tinha um tipo.

RAINBOW Lembro que eu e minhas amigas nos esforçávamos muito para DEFINIR o que amávamos e o que nos atraía, MAS NENHUMA DE NÓS TINHA EXPERIÊNCIA.

JOHN Qual das Spice Girls era a melhor para mim?

RAINBOW Eu me lembro de dizer coisas ridículas como: "Para mim, a mão é tudo! O cara precisa ter boas mãos." ?????

JOHN Pois é. Para mim, era o nariz.

RAINBOW Sério?

JOHN Sério, que porra isso significa? Queria que fosse brincadeira.

RAINBOW HAHAHAH.

JOHN Eu gostava de nariz feminino de altíssima qualidade.

RAINBOW Juro que estou rindo alto.

JOHN O mais estranho é que eu não tinha um Ideal Platônico do Nariz interno nem nada. Estava baseando essa definição de beleza nasal inteiramente em forças externas.

RAINBOW Uau, você era tão profundo. E inovador. Assim, qualquer um poderia dizer "pernas".

JOHN Acho que você está me zoando agora.

RAINBOW Achei que estava te zoando COM você.

JOHN Está mesmo; tudo bem.

RAINBOW Tá, então, pensei em como isso se conecta com a escrita.

JOHN Tá.

RAINBOW Quando escrevo histórias de amor (o que não consigo evitar, são sempre histórias de amor), não quero nunca escrever uma história que piore isso tudo para quem está lendo. Que perpetue as mentiras sobre amor e atração.

JOHN Certo.

RAINBOW Ao mesmo tempo, como escrevo sobre adolescentes, não quero que eles sejam magicamente imunes a essa besteira toda. Eles não podem ser sábios de 40 anos que sabem por experiência própria que é um lixo.

JOHN Além disso, acho que a gente nunca se torna magicamente imune a essa besteira toda. Estamos falando como se fosse tudo passado, mas é claro que ideias herdadas sobre beleza e atração também afetam nossa vida adulta.

RAINBOW Verdade.

JOHN É esperado que com o tempo a gente desenvolva alguma noção de que, por exemplo, nossa obsessão com o nariz perfeito é completamente absurda, mas não é como se fosse tudo embora.

RAINBOW Você ainda gosta de nariz?

JOHN Não, meu Deus do céu. Eu gosto de PESSOAS. Adoro a pessoalidade das pessoas.

RAINBOW Excelente.

JOHN Pelo menos é o que espero. Mas você está certa. O desafio é escrever sobre a experiência adolescente de uma forma honesta e que não seja condescendente, mas que também não reforce as partes destrutivas da ordem social romântica.

RAINBOW Obrigada por dizer isso de forma tão eloquente.

JOHN Só que fazer isso é difícil. Por exemplo, acho que falhei um pouco nesse aspecto com meu primeiro romance, *Quem é você, Alasca?*. Eu queria que o livro falasse da incapacidade do garoto de entender de forma complexa a garota de quem gostava e das consequências catastróficas dessa incapacidade.

RAINBOW "Acho que falhei um pouco nesse aspecto com meu primeiro romance — talvez você já tenha ouvido falar, porque mudou várias vidas e inspirou tatuagens — *QUEM É VOCÊ, ALASCA?*"

JOHN Mas não sei se funcionou.

RAINBOW Continue.

JOHN O Bujão idealiza Alasca pela primeira metade do livro e, na segunda parte, quando ele lida com as consequências, ela não está por perto, então a percepção que ele tem dela não pode mudar tanto. Pensava muito nisso quando comecei *Cidades de papel*, no qual tentei escrever explicitamente sobre as consequências destrutivas da incapacidade de imaginar os outros de forma complexa.

RAINBOW Não sei se você falhou. Talvez só não tenha conseguido passar tudo que queria dizer.

JOHN É, talvez. Na minha experiência, escritores são péssimos em analisar os próprios livros.

RAINBOW Além do mais, talvez seja coisa demais para o Bujão aprender? Acho que seria até exagero ele chegar a todo esse entendimento? Ao ler o livro, sinto que a gente entende que ele não conseguia vê-la e entendê-la como ela era.

JOHN Obrigado. Espero que sim!

RAINBOW Também acho que a gente — como qualquer escritor — normalmente precisa de mais de um livro para completar um raciocínio.

JOHN Uma coisa na qual você é muito boa, que eu admiro muito nos seus livros, é sua capacidade de criar personagens extremamente realistas cujo amor parece real, mas nos quais, ao mesmo tempo, eu, como leitor, entendo as limitações das experiências dos personagens. Não é uma descrição precisa dizer que os narradores não são "confiáveis", nem nada assim, mas os leitores conseguem ver um pouco do que os personagens não sabem, ou não conseguem ver de frente. Para mim, é uma das qualidades da melhor ficção YA, desde *O apanhador no campo de centeio* e *Outsiders — Vida sem rumo*.

RAINBOW Ai, obrigada. Acho que é disso que a gente estava falando antes: como é, em especial com personagens adolescentes, tentar escrever personagens realistas que encaram o amor e a vida de formas autênticas, sem projetar nossas perspectivas adultas neles.

JOHN Isso, mas ao mesmo tempo criar um arco, o que *é* realista, porque as pessoas crescem. Essa foi a melhor parte da minha experiência na adolescência. Antes eu falei desses momentos de amor profundo que vivi na juventude, que me afetaram muito... e aprendi com eles. Ainda aprendo com eles.

CARMA
A artista e estrela do cinema escreve sobre amar sem vergonha.
Por Gabourey Sidibe

Eu acredito mesmo em carma. Assim, muito. Provavelmente mais do que a maioria das pessoas. Acredito que, se fizermos algo ruim, o universo responderá com um julgamento rápido e doloroso para avisar que erramos. Se fizermos algo bom, não tem resultado nenhum. Por que devemos ser recompensados por agirmos como seres humanos decentes, seu babaca? Vamos só ficar felizes por estarmos vivos. Ou por podermos ficar felizes, sei lá. Não sei. Tento não pensar muito no lado bom do carma. Só me concentro no carma ruim, porque preciso demais que pare de mexer comigo. Talvez isso pareça confuso para quem sabe que sou supermaneira, mas garanto: forças do mal estão me seguindo para que eu continue solteira.

Todo o resto é ótimo! Tenho amigos incríveis, que também considero minha família incrível. Tenho uma carreira muito divertida que me empolga e um milhão de outras coisas na vida que me trazem alegria e riqueza sem ter nada a ver com dinheiro. Mesmo assim, no caso da minha vida amorosa, sou que nem uma cidade abandonada que precisou fechar a fábrica local. Ninguém tem emprego e logo vão precisar trocar umas crianças por pedaços de pão. Não tem nada. Não tenho vida amorosa. Nenhuma! Meu carma me mantém afastada de relacionamentos, só preciso aceitar. Tudo isso por causa de umas coisas estranhas que fiz aos 21 anos.

Olha só. Eu fico entediada. Muito entediada! Estou sempre procurando alguma coisa para fazer e algum lugar para estar. Não é um grande problema na minha idade atual, 34, mas era um peso dramático e perturbador quando eu tinha vinte e poucos anos. Não aguentava ficar entediada. Não aguentava ver que meus amigos tinham algo que eu não tinha. Não aguentava não ser vista. Estava mergulhada na minha "fase piranha" e tinha certeza de que, se não encontrasse um "pretendente" como todas as minhas amigas (é essa a palavra que usávamos, porque éramos elegantes!), para me ver e querer transar comigo, eu desapareceria. Eu sumiria no ar como se nunca tivesse existido, porque, na época, eu era burra o suficiente para achar que não valia nada a não ser que um homem confirmasse minha existência. Qualquer homem. *Gostar* ou não do homem nem era parte da questão.

A Fase Piranha é real e muito cansativa. Não recomendaria, mas também não *deixaria* de recomendar. Aprendi algumas coisas.

Enquanto estava por aí piranhando e procurando qualquer diversão, fiz um teste para uma produção universitária da peça *O mágico inesquecível* onde minha amiga Crystal estudava, Lehman College, no Bronx. Consegui o papel de Glinda, a Bruxa Boa do Sul, o que era ótimo! Os ensaios me ocupariam criativamente por pelo menos três meses. Eu estava mesmo precisando. Tinha sido jubilada da faculdade enquanto lidava com uma depressão debilitante e, por isso, estava em um programa terapêutico intensivo de seis meses, para enfiar meu cérebro de volta pela orelha e tocar a vida. Além da terapia, que eu fazia das 11 às 16 horas de segunda a sexta, tinha tempo para me concentrar em ficar o mais feliz possível. Estava aprendendo que era minha responsabilidade superar a depressão.

Por isso, entrei na peça! O único problema era chegar ao Bronx para ensaiar e voltar para minha casa, no Harlem, do outro lado da cidade, às vezes bem tarde da noite. Todo mundo que já tentou pegar o trem de uma região de Nova York para a outra depois das dez da noite sabe que fica bem tenso. Um dia, depois de sair do Teatro Lovinger e do campus e atravessar uma ponte que passava por trens abandonados em trilhos abandonados, cruzei a Avenida Bedford para entrar na passarela subterrânea que levava à estação Bedford. Foi então que um carro parou ao meu lado.

"Ei, garota! Posso te dar uma carona?", chamou uma voz.

"De graça?", perguntei.

"Claro. Quero te conhecer melhor."

Olha só. Eu definitivamente não recomendaria fazer isso, mas eu tinha 21 anos, estava entediada e com preguiça e não era nada boa em tomar decisões, então entrei no banco do carona do carro desse desconhecido sem fazer muitas perguntas. Leitoras, não sejam como eu, que faria qualquer coisa por uma carona.

Claro que entrei no carro e nos apresentamos. Mesmo sem querer, dei meu nome de verdade. Não lembro o dele, então vou chamá-lo de... Robert. Robert perguntou se eu era maior de 18 anos. Não quantos anos eu tinha. Não. Ele queria saber se eu era maior de idade. Na mesma hora, entendi qual era a dele. Eu tinha 21 anos, mas parecia ter 16. Guardas me paravam na rua direto porque achavam que eu estava matando aula. Robert parecia ter uns 40 anos, o que é muito para um cara negro. Acabou que ele tinha a idade da minha mãe. Ele perguntou se a idade dele me incomodava. Não incomodava. Achava que, o que quer que esse cara quisesse comigo, eu só ia pegar essa carona, esquecer e seguir em frente. No entanto, não foi o que aconteceu. (Ele não me bateu nem me matou. Também não foi isso que aconteceu. Graças a Deus!)

Robert era dono de uma empresa de transportes e estava me dando carona em um dos seus carros. Não me impressionou. Ele disse que era um "bom cristão". *Hummm. Claro, cara.* Era divorciado e tinha uma filha de 12 anos. Eu me lembro da idade porque achei estranho ele tentar me pegar sendo que eu tinha menos de dez anos a mais do que a filha, de quem ele tinha guarda unilateral. É isso que *todos* os bons cristãos fazem? Ainda não me impressionou. Ele morava e trabalhava no Bronx, mas estava interessado em me conhecer melhor, por isso, se eu precisasse de carona, podia ligar ou mandar mensagem para ele. Se fosse me impressionar, teria sido com isso. Não me impressionou, mas foi o melhor da conversa. Fiquei atenta ao pensar em uma carona de graça para casa. Quando ele chegou no meu prédio, pedi para ir pelos fundos, para não conseguir identificar se visse de dia. Achei mesmo que estava pensando! Trocamos números de telefone e, ao sair do carro, apertei a mão dele, agradeci pela carona e o chamei pelo nome errado de propósito. Sinceramente achei que nunca mais o veria. Só que não foi o caso. Eu fico *tão entediada*, gente! Carma ruim, vamos lá!

Acabou que Robert era diácono da igreja. Ele gostava de passar sermão e me acusava de ser uma má cristã por acreditar em fatos científicos, como que a Terra gira em torno do Sol. Ele fazia vários discursos para eu melhorar como cristã e mulher, falando que eu precisava aprender a ser mãe da filha dele de 12 anos. Ele me arrastava para a igreja aos sábados (é o que alguns fazem!) e me levava ao grupo de catequese depois dos ensaios durante a semana, mas, quando estávamos sozinhos, tentava me pressionar a transar.

No entanto, eu tinha dito que era virgem. Não era *nada* virgem. Só era mentirosa. Não queria transar com ele. Só gostava muito que ele gastasse dinheiro comigo, me levasse para jantar e para o cinema, me buscasse na terapia (eu tinha dito que era voluntária no hospital — eba, MENTIRA!) e me desse carona para o ensaio e de volta para casa depois. Era só o que queria com ele. Aguentar sermões da Bíblia já bastava. Não ia transar com ele, além disso. Falei que tinha escolhido esperar até o casamento, como qualquer boa cristã. Ele parecia respeitar, porque não tinha como discutir. Especialmente com a pose de bom cristão. Eu não podia começar a transar com ele. Já estava ocupada transando com um cara de *O mágico inesquecível*.

A galera do teatro é tão legal! É todo mundo artístico, criativo e cheio de tesão. Esse cara era parte do coro. Ele já era bem metido... vou chamá-lo de Darryl. Eu agia como adulta com o Darryl todinho durante os intervalos. Agia como adulta com o Darryl na última cabine do banheiro. Agia como adulta com o Darryl em salas de aula vazias. Cheguei até a agir como adulta com o Darryl no teatro do lado, que estava escuro e trancado.

Na verdade, conheci Darryl e comecei a agir como adulta com ele antes de conhecer Robert. Por que não ignorei quando Robert me chamou do carro de maneira tão romântica? Porque Darryl não queria segurar minha mão em público nem admitir que estávamos envolvidos. Ele queria brincar de adulto comigo por uns quinze minutos (na verdade uns sete) e depois paquerar publicamente as latinas magrelas da peça. Por isso, entrei no carro de Robert. Robert me levava para sair. Ele me apresentava como namorada para amigos e parentes. Eu morria de vergonha, porque não queria namorá-lo e ele sabia. Falava que *não* era namorada dele, mas ele agia em público comigo da forma como Darryl não queria, então... Acredito que estivesse aproveitando o que achava que dava com Robert. Mesmo assim, quando tinha uns dez minutos (ou três!) à toa no ensaio, aceitava menos do que queria com Darryl.

Sei que meu comportamento pode ser visto, em parte, como o de uma garota jovem que não entende bem relacionamentos e ainda não conhece seu valor, e que por isso deveria ser café com leite em vez de receber um caminhão inteiro de carma ruim. Também quero pensar assim, mas sei a verdade. Essa garota era um problemão.

Então, Robert tentava de tudo para transar comigo. Ele me perguntou se eu já tinha pensado em sexo.

"Claro", respondi. "Mas vou esperar para casar."

"A Bíblia diz que até *pensar* em pecado é cometê-lo, no fundo", disse ele.

(Olha essa LÓGICA!)

"Quer dizer que, como pensei em sexo, dá na mesma que transar com você, já que pequei em mente e coração?"

"Exatamente."

Ele estava falando sério.

Não me convenci e continuei com a história de abstinência. Mesmo assim... olha. Eu me *recusava* a transar com ele, mas também não era nenhuma freira. (Nada sério. Só uns beijos. Eu era mesmo, e ainda sou, um pouco devagar.) O difícil mesmo foi quando ele começou a dizer que me amava. Não sei se, agora como adulta, acredito que ele me amava mesmo, mas na época acreditei. Acreditei que ele me amava. Ele parecia demonstrar, com presentes e punhados de dinheiro. Ele fazia literalmente tudo que eu pedia. No entanto, eu não estava nem perto de amá-lo. Podia ter deixado isso quieto, mas não foi o que fiz. Sempre que ele dizia "Eu te amo", eu respondia com um som de nojo e dizia "Melhor não". Eu era horrível. Eu o tratava mal. Quando me apresentava como namorada, eu fazia o mesmo som e dizia "Que namorada que nada! Para de dizer isso!". Eu abertamente dava em cima de amigos mais jovens dele, que eram mais próximos da minha idade. Fazia com que ele me levasse para jantar com minhas amigas e pagasse por tudo. Quando me dava um presente, eu ria na cara dele. Ficava na rua com minhas amigas até as duas da manhã e ligava para ele sair da cama e me buscar. Eu era uma escrota. Eu o tratava do mesmo jeito que me sentia quando era rejeitada por algum crush bonitinho mas malvado, como Darryl. Eu me sentia poderosa ao tratá-lo como se fosse descartável. Como se estivesse me vingando de todos que não me amavam.

Por sinal, não quero dizer que esse cara não era bizarro. Ele tinha quase 50 anos e tentava de tudo para pegar uma garota de 21. Ele adorava garotas jovens como eu; até me disse que minha juventude fazia com que se sentisse "o cara". Ele realmente achava que era um bom cristão, mas tentava usar a Bíblia para me manipular para perder minha virgindade (inventada). Aí ele me pediu em casamento. Pediu para eu casar com ele depois de só dois meses desse caso de não-exatamente-amor tórrido, porque queria transar comigo. Comigo! Fiquei quase lisonjeada, mas não era burra o suficiente para cair nessa. Não aceitei. Na verdade, quando nos conhecemos, ele tinha acabado de se divorciar da primeira mulher, que também era bem jovem, devia ter uns 29 anos. (Um dia, liguei para ele me buscar na terapia e a ex-mulher dele atendeu. Ela disse que eu era jovem demais para ele, que eles ainda estavam casados e que eu devia parar de "me meter com os maridos das outras". Meu Deus do céu, se isso acontecesse agora, eu ficaria apavorada, mas na época eu era meio doida. Com toda a energia e idiotice na minha cabecinha doida, só respondi: "Tá. Pede para ele vir me buscar daqui a 45 minutos. Depois devolvo seu marido." Ai! Queria ser a Gabby de 21 anos por só mais um dia! Ela não tinha medo nenhum! A Gabby de 34 tem medo até da própria sombra! Literalmente! Juro que vivo levando susto com minha sombra!)

Qual é o equilíbrio? O equilíbrio entre caras que nem Darryl e caras que nem Robert? Acho que caras que nem Darryl são comuns quando se é uma gorda redondinha jovem. Quando eu tinha uns vinte e poucos anos, ou até mais nova, ainda na escola, garotos gostavam de mim. Garotos que eram muito a fim de mim, mas não queriam que ninguém soubesse. "É segredo", diziam. "Eu gosto de você, mas não conte para ninguém." Na escola, eu nem me envolvia. Eu me afastava de qualquer contato com qualquer garoto, mas firmemente me recusava a ser o segredo de alguém. Não seria uma vergonha. Quando cheguei aos 20 anos, estava cansada de ficar completamente sozinha e decidi que ser um segredo era melhor do que ser solitária. É por isso que fiquei com Darryl e com outros caras que nem lembro mais.

Apesar de garotos da minha idade terem vergonha de gostar de mim, homens da idade do meu pai davam em cima de mim abertamente, me chamavam para sair e falavam como precisavam de uma mulher como eu. Que nem Robert. Que porra é essa? Parecia que caras que gostavam de mim em segredo aos 21 acabavam crescendo e virando caras que gostavam de mim em público aos 45. Será que eu precisava esperar até os 30 para encontrar um equilíbrio em que caras dos quais eu gostava também gostassem de mim, quisessem sair comigo e não ligassem para o que os outros pensavam? Parece justo? Como *não* atacar alguém que *não* tem vergonha de me amar? Por que eu tinha vergonha de estar com Robert assim como Darryl tinha vergonha de estar comigo? Como descubro como amar e ser amada, se vergonha se mistura a isso? Será que eu deveria ter sido mais legal com esse velho nojento que fingiu querer casar comigo? Será que eu devia ter me posicionado e parado de dar atenção a esse menino gato, mas idiota, que só queria meu corpo? Talvez eu devesse ter nascido já com 30 anos.

O relacionamento com Robert acabou antes da estreia de *O mágico inesquecível*. O que quer que tenha existido entre nós durou dois meses e meio, dois pedidos de casamento e um anel bem barato. *Ele* terminou *comigo*. Não porque eu o tratava mal, mas porque ele decidiu que, se eu não queria transar nem casar com ele, devia ser porque eu certamente era lésbica. SÉRIO! Foi o que ele disse! Não faz nenhum sentido, mas tudo bem. Não senti nada. Continuei a trepar com o Darryl por umas semanas, até a temporada de *O mágico inesquecível* acabar. Aí acabou. Pouco depois, Darryl arranjou uma namorada. Era uma latina bonita e meio nerd, que não era magrela, mas tranquilamente *não* era gorda. Continuei a fazer terapia e decidi passar o resto da vida zoando o Darryl pela forma como eu deixei que ele me tratasse.

A Gabby de 21 anos parece outra pessoa. É como se fosse uma personagem fictícia, de alguma série de livros que li na adolescência. Não parece de verdade e não tem nada a ver com quem sou hoje, mas ainda sinto que carrego seu trauma, os resquícios da lógica horrível e das decisões impulsivas.

Claro. Robert era péssimo. Darryl também era péssimo. Só que eu era pior. O carma deles é deles e tenho certeza de que devem estar bem, mas meu carma ruim é *meu*. Não só por causa do meu comportamento com Robert ou Darryl, mas do meu comportamento comigo. Eu era esperta, mas me decepcionei. Vacilei feio comigo mesma. Não me protegi. Não cuidei da minha mente, do meu coração, nem do meu corpo. O carma por não me cuidar deve ser astronômico.

Não entendo mais de relacionamentos agora do que na época. Ainda estou ao mesmo tempo esperançosa e desesperada. Eu me apaixono pelos caras errados e pareço uma cientista tentando coletar dados que provem que o garoto que gosto também gosta de mim. Mesmo quando junto todos os dados e fatos, às vezes estou errada. Às vezes sou agressiva demais e os caras se assustam. Outras vezes não fui feita para ser amada de verdade. Sabe, o jogo virou completamente agora que sou uma atriz de sucesso (sei lá). Quando eu era só uma garota gorda, garotos que me queriam preferiam que nossa atração fosse particular. Agora, caras que nem gostam de mim querem que todas as interações sejam o mais públicas possíveis. "Opa, posta aquela foto nossa no Instagram" ou "Posso te entrevistar pro meu podcast?". Todos esses favores aparecem em jantares e drinques, depois de semanas de paquera por mensagem. Acho que eles gostam de mim, mas acham que sou famosa e útil. Pareço ter pulado aquele equilíbrio dos caras que gostam de mim e não sentem vergonha.

Como cheguei aqui? Como seria minha vida se eu não fosse atriz? Será que já teria encontrado minha alma gêmea? Será que eu seria casada e teria filhos? Será que isso me faria feliz? Sou feliz agora. Será que a felicidade dessa outra vida seria mais satisfatória? E se eu tivesse isso tudo? A alma gêmea, os filhos, a família... e, ao mesmo tempo, a solidão? E se eu tivesse tudo e todos que queria, mas *ainda* me sentisse sozinha? Será que ainda culparia uma força invisível chamada de "carma"? Será que o carma é mesmo verdadeiro?

Olha só, não prometi uma lição no começo deste texto. Nem sabia se *encontraria* uma lição. Estou só gritando à toa, vendo se alguém grita de volta. Nada. Não ouço nenhum grito. Até nesta página, estou sozinha. Talvez a lição seja encontrar o oposto da solidão no espelho. Por mais que muito tenha mudado ao longo dos anos, da Gabby de 21 anos para a Gabby de 34, um fato constante é que eu era e ainda sou Gabby. Talvez carma não seja nada verdadeiro... Deixa para lá! Acabei de curtir um tweet maldoso e topei com o dedão do pé na hora. Carma é *verdade*, cara. Só que estou ouvindo uma voz gritando de volta. Carma é verdade, mas não se aplica à Gabby de 21 anos. Eu só tinha 21 anos! Era para eu ser uma pessoa de merda. Missão cumprida! Namorava sem ligar para quem magoava, ou para como *eu* era magoada. Se eu fosse um homem, nem me sentiria culpada. Talvez nem lembrasse que tinha acontecido.

Isso aí! Essa é a beleza de gritar à toa. Mesmo que eu precise esperar uns dias, sempre vem uma resposta, e a resposta de hoje é que devo parar.

"Pare de se sentir culpada, sua idiota! Você só tinha VINTE E UM ANOS! ... Relaxa aí."

É isso. Valeu, voz do vazio. Parei.

2 DA MANHÃ COMENDO LÁMEN E TENTANDO DIZER QUE TE AMO
Por Marina Sage Carlstroem

com a
língua molha a pele queimada dos lábios
tenta descascar a lama das minhas pernas pouquinho a pouquinho,
entre suas cutículas gastas e minhas palmas geladas está
uma rede elétrica inteira

um palito cada
amigos compartilham talheres?
você torce as mãos até
secar as lágrimas que limpou do meu rosto

por que você é sempre o primeiro a ir embora?

eu me ofereço em pedaços
um livro manchado de café
um resto de ingresso

um destino isolado
me explicam muito melhor do que minha boca

você se oferece em punhados
dedos contra pele
uma história de segunda mão
bolhas cinzentas e desvios

as luzes roxas atrás de você chiam alto no silêncio confortável.

você revirou a massa por um momento
e perguntou:
pense nos dias em
reais e centavos
com quem mais gastaria?

vejo o chiado das luzes se tornar a estática entre dois
pares de olhos castanhos. se tornar a massa presa entre dois
palitos.
é grave e retumbante no peito como o baixo exagerado no carro
eu sabia a resposta antes das últimas palavras saírem de sua boca
mas
você sabe que sempre prefiro interrogação a ponto final

então

você me diz que

nem todos os reais e centavos e massas chegariam ao

que gasta todo dia

pensando no cabelo escorrendo pelo meu ombro

o chiado se espalha pela pele e meus lábios revelam dentes

pela primeira vez desde a queda das folhas

FORÇA CENTRÍPETA
*Como se juntar ao universo com o maior
amor da cantora e compositora.*

Por Mitski Miyawaki

Esta é a última noite antes de eu voltar para a estrada. Vou passar o próximo mês sem fazer uma refeição de verdade, viajando em um carro lotado, sem privacidade nem espaço pessoal, dormindo quatro horas por noite, só para poder fazer um show de uma hora por dia. Uma semana depois desta turnê, terei outra, depois outra; faz cinco anos que estou em turnê, só pelo meu amor por música.

Claro que amo música, sou musicista. Mesmo assim, música é mesmo o amor mais profundo e complicado que já vivi. É meu grande romance, o caso da minha vida, minha família, minha irmã, eu mesma. É todos os meus amores e meu único amor.

Quando eu era criança, minha mãe me levava ao parque e me colocava no balanço e, assim que ela começava a empurrar, eu começava a cantar. Cantava enquanto ela empurrasse — podíamos ficar lá uma hora, ou para sempre, e eu cantaria alegremente o tempo todo, músicas inventadas com histórias inventadas, sem começo nem fim.

Como é o caso da maioria dos amores infantis, só fiquei consciente disso já mais velha, quando precisei começar a nomear meu amor e me esforçar por ele. Crianças não pensam no que amam, simplesmente amam. Por isso, passei a infância comigo mesma, cantando sozinha e brincando no teclado. Muito disso é porque eu me mudava com frequência. Quase todo ano chegava a um novo apartamento, um novo bairro, uma nova escola, às vezes até um novo país, com novas culturas e línguas que eu não falava. Tudo que eu tinha era acompanhado da certeza de que não o teria por muito tempo, e por isso não tive tempo de fazer amigos. (Ou talvez não fizesse amigos de propósito, porque sabia que iria embora logo; há um limite de quantas vezes uma criança consegue dizer adeus.)

O melhor da música é que ela é portátil, então, em qualquer nova cidade que virasse meu lar temporário, eu sempre tinha a música na cabeça para me fazer companhia. Não precisava ir a lugar nenhum, podia só passear no mundo que criara para mim mesma, que estava sempre me esperando. Amava música porque precisava dela; música era minha âncora em uma existência flutuante, o único lugar ao qual eu sempre podia voltar.

Tudo mudou no meu coral do sétimo ano, quando me apresentei pela primeira vez em público e minha voz virou alvo de elogios, inveja e cobiça. Pela primeira vez, pensei: "Eu sou muito boa nisso." Ser boa em algo faz com que nos sintamos necessárias, como se pudéssemos contribuir, e acendeu um sentimento novo em mim, que talvez eu tivesse algum motivo para estar ali. Foi ao mesmo tempo uma bênção e uma maldição. Ter um Motivo com *M* maiúsculo é, para mim, o cerne do amor, mas ter um motivo também é de onde toda a força, a dor, a beleza e a dificuldade vêm. Encontrei meu Motivo aos 13 anos e passei todos os dias desde então consumida pela música e dedicada a ela. Não era de lugar nenhum e certamente não pertencia a lugar nenhum, mas ser boa em música me dava algo a oferecer. Talvez eu só amasse a música pelo que ela podia fazer comigo, mas muita gente só ama por essa razão.

Olhava ao redor e me perguntava: "Como faço para mais pessoas escutarem minha voz? Como posso ser *mais* importante?" Todas as cantoras conhecidas eram bonitas, então concluí que também precisava ser bonita. Comecei a malhar todos os dias, experimentei um cosmético depois do outro, restringi minha alimentação com resistência estoica. Cada pensamento e ação era determinado pela capacidade de me deixar mais bonita, porque achei que ser bonita me daria permissão para fazer música. Vendi meu corpo por uma porta de entrada.

Eu entendo como essa linha de pensamento é torta; como ser bonita automaticamente me tornaria uma musicista? Eu era adolescente e não conhecia musicistas ativas ao meu redor — pelo menos não as via em meu mundo solitário e desterrado. Se eu fosse parte de uma cultura musical local ou tivesse amigos com bandas, talvez tivesse uma visão menos distorcida do caminho da música. No entanto, vendo TV na minha casa nova em outro lugar cheio de desconhecidos, a melhor resposta à qual cheguei era que, para ser uma cantora de verdade, eu precisava ser bonita. Não conhecia minha própria agência nem sabia como mudar minha vida, só como me mudar. O único resultado que eu sabia controlar era do meu corpo, por isso achei que, se parecesse fisicamente com todas aquelas cantoras de sucesso, eu também me tornaria uma cantora de sucesso.

Mesmo assim, nada aconteceu durante minha adolescência, nenhuma entidade musical misteriosa me descobriu e eu continuei a ser uma garota sem amigos suando em silêncio na academia. Meu amor me traíra. Eu dedicava todo meu tempo a ser atraente para a música, para que meu amor fosse retribuído, ensaiando no piano, cantando, malhando e me privando de açúcar e carboidrato; eu fazia tudo que pedia de mim, e tudo era tão difícil, então por que eu continuava rejeitada?

Aos 18 anos, depois de me formar na escola um ano antes, eu tinha muito tempo livre e não queria fazer nada em especial, nem sabia como seria o resto da vida. Por isso, saía muito. Em uma madrugada, muito bêbada de novo e muito triste sem saber ainda, cheguei em casa, sentei à frente do teclado e comecei a bater nas teclas até uma canção transbordar de mim com tanta urgência que eu mal conseguia acompanhar. Isso se tornaria minha primeira música, "Bag of Bones". Eu já tinha composto frases simples antes, mas nunca com tanta intensidade. Parecia que o mundo tinha escancarado as portas, que eu tinha corrido uma maratona sem parar para respirar, mas também que eu tinha mergulhado em um banho quente no fim do dia. Foi como um grande berro e, pela primeira vez, pensei: "Meu Deus, eu quero estar viva."

Também entendi, então, que estava fadada a amar a música e segui-la para sempre, porque não era possível sentir o mundo inteiro me atravessando como um raio e tocar a vida como se nada tivesse acontecido.

Continuei a escrever, o que me permitiu abandonar meus rituais obsessivos de beleza, um a um. Agora meu corpo não precisava ser bonito, porque eu podia criar beleza e oferecê-la para o mundo. Podia fazer alguma coisa de verdade agora — aquele Motivo de novo. A música sempre fora meu verdadeiro amor, mas agora eu sentia que era finalmente retribuído, que ela se abria para mim e me impulsionava. A música me causara toda aquela dor, mas também me deu uma saída.

Fui estudar em um conservatório de música em Nova York, onde jovens da minha idade organizavam e se apresentavam em seus próprios shows. Notei que podia seguir a música por conta própria. Não precisava mais que alguém me "encontrasse", porque minhas composições podiam me levar aonde eu queria chegar. Também notei que o único jeito de fazer música o tempo inteiro na vida adulta era trabalhar com música. Por isso, trabalhei. Trabalhava e trabalhava, mandava centenas de e-mails por dia, aceitava as menores oportunidades e passava o tempo inteiro na estrada. Depois da formatura, minha vida se dividia entre turnês e pequenos intervalos entre turnês, durante os quais eu desmoronava, mandando e-mails e fazendo telefonemas largada na cama até ser hora de voltar para a estrada. Não saía nem "relaxava", porque passava todo meu tempo livre dormindo ou trabalhando em algum bico para ter dinheiro. Mesmo que achasse um tempo para estar com amigos, depois de alguns minutos ficava ansiosa, porque ouvia o chamado da música, dizendo que eu estava desperdiçando um tempo valioso que poderia estar passando com ela.

Aos poucos, fui ficando doente e exausta e, ao olhar ao redor, não encontrei ninguém. Não só tinha me fechado para a possibilidade de amizades, como me metido em um grupo de gente que achava minha ambição feia. Como uma mulher asiática, vejo que muita gente acha que eu deveria me sentir grata por qualquer resto que me oferecem. Quando dou mais do que recebo, isso é visto como uma troca equilibrada ou, ainda pior, como um favor que me foi feito. Eu estava sempre pedindo mais, partindo para outra quando sentia que a relação não era recíproca, e por isso me chamavam de ingrata e egoísta. É interessante o quanto chamam de "egoístas" as mulheres que querem mais, pedem mais. Lutar contra essas agressões, grandes ou pequenas, sem parar, me deixava incrivelmente cansada. Achei que a música me daria um espaço para me sentir feliz e pertencente, mas só conseguia me lembrar do chão duro no qual caía depois de correr até lá. Por que amar precisava doer tanto? Se eu parasse de tentar, se eu terminasse com a música, será que finalmente seria feliz?

Só que, bem quando acho que eu e a música brigamos, ela me dá um show perfeito, trinta minutos de uma boa apresentação, ou até três minutos de satisfação ao escrever uma música que funciona. Na mesma hora, tudo faz sentido, eu faço sentido, e tudo de duro e difícil daqueles minutos desaparece. Quando a música me ama, o mundo está ao meu alcance, me torno mais do que sou, me misturo ao universo. Este amor pode não ser estável (com certeza é exagerado) e a cada ano em que me agarro a ele sinto algo em mim se afastando. Mesmo assim. A música é meu grande amor, minha mais antiga companheira. Faz com que eu me sinta viva e me lembra que não posso morrer ainda, porque ainda preciso colocar para fora um álbum que existe em mim.

Eis o que faço ao final de cada turnê, durante a primeira semana: encontro um lugar tranquilo para me instalar com um piano ou um violão e toco sozinha, para mim. Agora que sou a musicista profissional que sempre quis ser, passo a maior parte do tempo me apresentando para os outros. Por isso, paro e canto para mim e para a música, que me conhece melhor e há mais tempo do que qualquer outra pessoa no mundo. No começo, é um pouco constrangedor, como transar com um parceiro que não vejo há meses, mas logo voltamos aos nossos segredos compartilhados, às bagunças nas quais nos metemos por amor, e lembro por que e quanto amo música.

ORÍKÌ PARA MAMÃE
Uma ode, um grito de guerra.
Por Sukhai Rawlins

Dizem que você herdou os olhos da sua avó. Você não sabe se é verdade, mas espera que seja. Sua mãe não herdou os olhos da sua avó, mas às vezes pula uma geração. Sua avó é estonteante. O cabelo que era preto e cascateante agora é curtinho e elegante. Ela tem dedos compridos com unhas compridas que nunca quebram, pintadas de cinza-escuro para combinar com o cabelo. Gotas finas e douradas pendem das orelhas delicadas e os tons quentes são iluminados pelos óculos de casca de tartaruga apoiados no nariz curvado. Sua avó tem um estilo impecável que você gosta de acreditar que também herdou, mas, antes da beleza, gostaria de ter seus olhos. São olhos que contam histórias. Eles dançam com raiva, gritam com tristeza e piscam duas vezes e vão de um lado ao outro com raiva e tristeza demais para gritar ou dançar. Sua avó não precisa falar; dá para saber tudo só pelos olhos castanhos e brilhantes. Ninguém sabe explicar — mas magia é assim, né?

Você é descendente de mulheres negras místicas e sua avó faz milagres. Quando ela vai ao brechó na avenida Harrison com três dólares, volta com caxemira, seda *e* Polo em liquidação; a alegria dela com as pechinchas brilha como se ela tivesse pegado a lua do céu noturno e enfiado na sacola de compras. Sua avó é o tipo de velha que a televisão nunca saberia capturar. O tipo que acorda com você antes da aula na segunda-feira quando o céu ainda é um cobertor enevoado de sangue e azul, te envolve com o cheiro de cebolas e batatas fritando e te xinga por ter deixado a luz acesa a noite toda, porque a maldita conta vai sair cara. Ela é o tipo de mulher que não pode ser contida. A voz alta é deliciosamente discordante, voa pela cozinha e sai pela porta, preenchendo cada rachadura da calçada com mel e soprando o dia em casas escuras com a pintura descascando. Sua avó sabe tudo: ela não fez faculdade, mas fala com a sabedoria das vidas passadas borbulhando na garganta, escorrendo da boca como a água de diques quebrados. Nas noites duras de Boston, quando se esquece do sol, você se encontra à mesa da sala, banhada por suas palavras no barítono escuro de curandeiras e viciadas, artistas e bandidas, amantes e guerreiras. Sua avó fala em uma cor que nenhum alvejante clareia, uma língua que a escola passará meia década tentando limpar à força da sua pele. É um ritmo que você recita sozinha à noite, quando a escuridão esconde seu reflexo.

Sua avó é da tribo Wampanoag de Massachusetts, uma nação afro-indígena guiada por matriarcas e mulheres sábias. Você não sabe muito sobre a juventude dela, só que ela é a mais nova de onze filhos, que ela era pobre e que sobreviver na América nem sempre era fácil para uma família de mulheres negras e indígenas. Sua avó conta histórias sobre sentir fome e fazer fila com dez irmãos para dar uma mordida em um único sanduíche fininho feito pela mãe. Ela conta que vivia em uma rua com crianças soltas no bairro, com as quais apostava M&M's e batata frita com sal e vinagre em jogos de baralho. Sua mãe conta histórias do cuidado da sua avó. Conta que ela deixava uma xícara de chocolate quente esperando por sua mãe na volta da escola em dias frios. Cada história que você ouve sobre sua avó informa sua percepção; cada parábola é um tijolo da usina que chama de "Voinha". Há uma coisa sobre sua avó que você não aprende nas histórias, há algo sobre ela que — apesar de nunca ser mencionado — você sabe desde muito cedo.

Sua avó sabe descer o cacete. Se alguém se meter com ela, vai levar uma surra e fim. Ninguém está seguro. Nem o pedreiro que ela ouve passar uma cantada no seu caminho para a escola, nem o chefe irlandês racista do abrigo de veteranos onde ela trabalha, muito menos a moça branca que fura a fila na T.J. Maxx. Você nunca vê sua avó brigar, mas todos sabem que ela pode e os que não sabem descobrem com um único olhar. Não com um sinal qualquer, mas com um *olhar* de verdade. Quando ela os encara tão profundamente que veem o brilho do aço cintilante nos olhos. O olhar da sua avó carrega o veneno de uma naja e o distribui com a generosidade de Jesus: um encontro com aqueles olhos de Ogum e gente branca sai correndo! Quando veem o rosto da sua avó queimando com fúria irrestrita, é como se vissem um fantasma. O fantasma de algo que tentaram enterrar muito antes.

O olhar da sua avó não é restrito aos adversários. Você o vê em muitas manhãs de sábado no sofá, quando ainda está vestindo uma touca, uma camiseta larga e o sono de uma noite inteira nos olhos. Quando sua avó vê você zapear pelos canais, ela coloca a TV sem som, larga o controle remoto, olha para você de cima a baixo e diz: "Garota, você é Linda. De. Morrer. Não se esqueça!" Acostumada com o jeito teatral, você revira os olhos e ri, mas ela não. Ela fala sério. Mais do que sério, com raiva. As palavras carregam o peso da guerra e ela as diz com o rosto carrancudo, amaldiçoando o sistema violento que chamaria sua pele marrom, seu cabelo natural, seus olhos remelentos e seu bafo de qualquer coisa além de "magníficos".

No sétimo ano, você sai de uma escola só de negros e entra em uma escola preparatória de elite na qual, entre 2.500 alunos, é frequentemente a única garota negra na sala. Ninguém nunca está preparado para o racismo. Aos 12 anos, você com certeza não está. No entanto, está preparada para brigar com quem quer que ponha as mãos em você. Como qualquer pessoa negra que espera por justiça e mudança, você reza para os orixás Xangô e Oyá, então pensar em se defender fisicamente de racistas não causa culpa, mas você não consegue dormir. Você pensa nos comentários afiados e nos olhares furtivos dos colegas e não consegue aquietar a mente. Você se pergunta quem enfim o fará, quem passará do seu limite. Você seria expulsa por brigar? Se sim, ainda conseguiria entrar na faculdade? À noite, na cama, sente a presença de sua avó no quarto sob o seu ao contemplar o futuro. Seria na sala de aula? Na volta da escola? Talvez uma emboscada no banheiro. Não importa, você está preparada. Quando olha pela janela, você sente que cada estrela no céu é o olho de um de seus ancestrais; faróis brilhando no mar do paraíso. Você sabe que eles também estão preparados. Todo dia, no caminho para a escola, a vigilância deles é firme como o sol; um holofote brilhando em sua testa, fazendo você suar sob a pressão e a força.

No dia em que Barack Obama é eleito presidente, a força parece menor. Sua avó chora de felicidade de manhã e, no caminho para a escola e na escada em caracol que leva à sala, parece que, por enquanto, há outra pessoa negra a ser odiada, outra pessoa negra a ser incentivada, outra pessoa negra no ambiente, mesmo que o ambiente esteja lá em Washington, D.C. Por um segundo, parece seguro respirar. No rebanho sufocante de alunos se empurrando pelos degraus antes do primeiro tempo, você passeia com uma tranquilidade silenciosa. Abaixa a cabeça, segura o corrimão e sobe os degraus, quando uma umidade em sua mão interrompe os pensamentos. Você olha para o punho, agora coberto em saliva esbranquiçada. Você se impressiona com o volume de líquido; você se impressiona com a extensão do lixo borbulhante descendo pela mão, entre os dedos. Adrenalina rasga o choque. Enjoada, você limpa a mão trêmula no algodão fino das calças e o calor do líquido atinge sua coxa. Alunos à frente e atrás de você gritam de animação, rostos contorcidos em uma mistura de repulsa, diversão e alegria. Além do som ensurdecedor de seu coração, risadas infantis ressoam como um grito de guerra na multidão quase inerte. Você ergue o rosto — pronta para encarar o inimigo. São centenas deles, milhares deles — o mundo inteiro parou para se deleitar em seu pânico, saborear o sal em seu suor e sorrir pelo odor de seu abatimento. Você está congelada no tempo e no espaço e, por um momento, está tão dominada que se sente saindo do corpo, voando e largando-o bem ali na escada.

    Sua visão embaça, você pisca duas vezes furiosamente e, de repente, seus olhos dançam. Você não entende o que acontece até senti-los gritar e olhar de um lado para o outro, bem devagar. Com a testa franzida, encara profundamente a multidão à frente, dançando, gritando, de um lado para o outro, dançando, gritando, de um lado para o outro — e toca o sino, alto, agudo, música sinfônica para embalar a dança e o grito de seus olhos. No que parecem segundos, a enorme multidão se dissipa. Você fica ali no começo do primeiro tempo, de volta à própria pele, tremendo. Lágrimas escorrem pelo seu rosto e os punhos antes cerrados são soltos, pendurados de braços que balançam, com palmas abertas e vazias, e sua avó tão distante quanto o presidente.

EITA!

"Vivendo um sonho!"
por ESME BLEGVAD
2017, NOVA YORK

ANTES DE SENTIR A TRISTEZA DE UM CORAÇÃO PARTIDO, OUVI MUITAS DESCRIÇÕES ABSTRATAS DE COMO ERA. PARA MIM, PESSOALMENTE, ACABOU SENDO IGUAL A U SONHO RECORRENTE QUE EU TINHA QUANDO DORMIA NA AULA DE MATEMÁTICA. N EM TODAS AS AULAS. SÓ UMAS TRÊS VEZES.

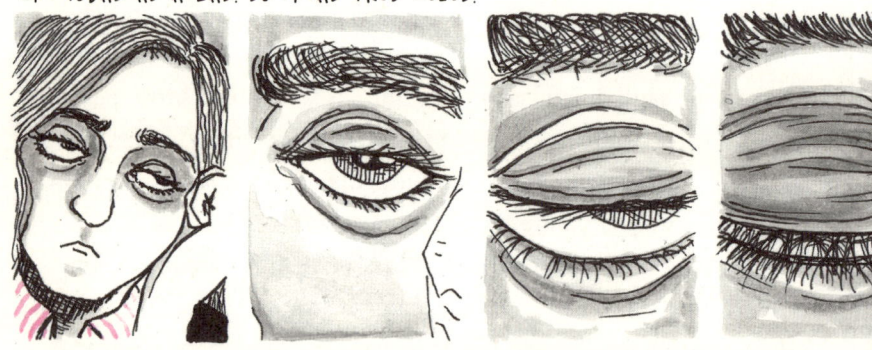

NO SONHO, EU CAÍA DE UM PRÉDIO MUITO ALTO. ERA MAIS PRA UM PESADELO, MAS TAMBÉM TINHA UM CERTO AR CALMO, INEBRIANTE E SONOLENTO.

ERA SEMPRE A MESMA COISA, BEM SIMPLES.
PRIMEIRO, EU CAÍA...

- DEPOIS, POR MUITO TEMPO,
EU CAÍA E CAÍA...

GANHAVA VELOCIDADE, ACELERAÇÃO E UMA ONDA ENJOATIVA DE ADRENALINA...

SENDO JOGADA NO CHÃO COM O CORAÇÃO NA GARGANTA, O ESTÔMAGO REVIRADO OS OLHOS SACUDINDO POR CAUSA DA INTENSIDADE DA PRESSÃO — CRESCENTE! — QUEDA, E SEMPRE NO INSTANTE EXATO DO IMPACTO:

O MAIOR BANG QUE PODE IMAGINAR

EU ACORDAVA À FORÇA, JOGADA FISICAMENTE PARA TRÁS, POR CAUSA DA FORÇA DA QUEDA, E QUANDO ABRIA OS OLHOS VIA A TURMA INTEIRA RINDO PORQUE EU ESTAVA NO CHÃO.

EU ACHAVA QUE SABIA QUE MEU CÉREBRO SEMPRE ME SALVARIA AO ME ACORDAR BEM — EXATAMENTE! — QUANDO EU IA BATER NO CHÃO, PORQUE NÃO ERA CAPAZ DE PROCESSAR A INTENSIDADE DO IMPACTO. EU ME LEMBRO DE PENSAR QUE, SE UM DIA NÃO ACORDASSE, TALVEZ O SONHO ME MATASSE NA VIDA REAL.

CONGELAR QUADRO

CONGELAR QUADRO

O QUE QUERO DIZER É QUE NO PRIMEIRO DIA DA MINHA PRIMEIRA DOR DE COTOVELO ENLOUQUECEDORA DE VERDADE MESMO, EU ME SURPREENDI COM A FAMILIARIDADE DOS MEUS SENTIMENTOS, PORQUE JÁ ESTIVERA NESSE ESTADO DE MEGAPRESSÃO INCONSCIENTE, DESAMPARADA, DESESPERADORA: NO SONHO. E AGORA, POR FIM, ESTAVA NAQUELE PEDACINHO DE PEDACINHO DE SEGUNDO EM QUE EU BATIA NO CHÃO E ACORDAVA, SIMULTANEAMENTE, VIVENDO A EXPERIÊNCIA EM CÂMERA LENTA, BEM NO ÁPEX.

EEEIITTA!!!!

EU VIVI NAQUELE MAIOR BANG QUE PODIA IMAGINAR. FINALMENTE VI O QUE ESTAV DO OUTRO LADO. EM ALTÍSSIMA DEFINIÇÃO E MUITO. DEVAGAR.

...s como eu disse: já conhecia o sonho. no fim, eu estava errada: o sonho não me matou, nem quando o encontrei na vida real. eu sobrevivi à queda.

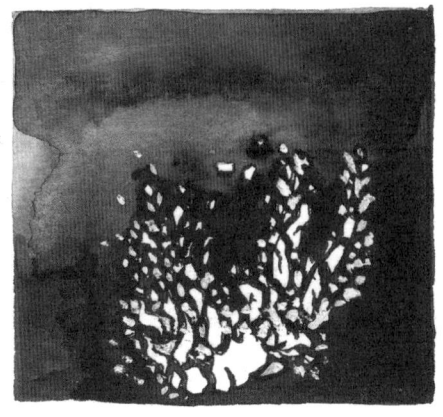

é só assim que consigo descrever como me senti. eu me vi sendo despedaçada. foi tão absurdamente intenso quanto eu imaginava na primeira vez que sonhei. apesar de eu saber que

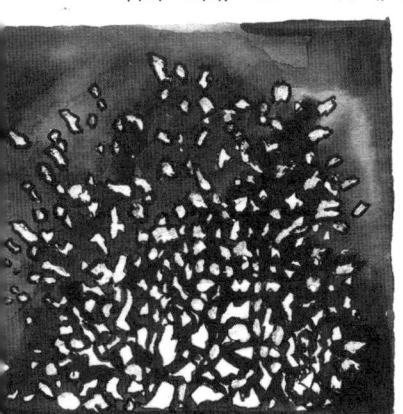

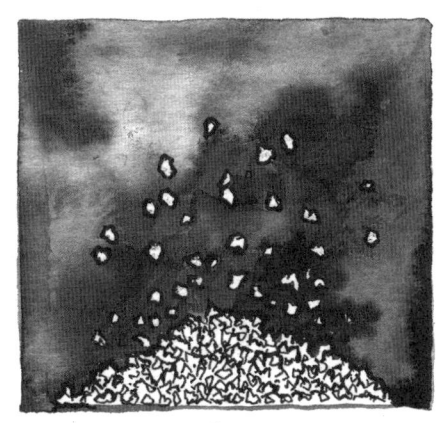

acordaria, que não seria para sempre, também sabia que nunca mais acordaria no chão da sala de aula.

WILLIS
Uma ode aos cães.
Por Durga Chew-Bose

Mais para o final de *Rebecca: a mulher inesquecível*, a narradora de Daphne du Maurier reflete sobre o porquê de termos vontade de chorar ao ver cachorros. Talvez, supõe ela, seja a forma com que eles expressam solidariedade. Tão silenciosamente, desesperadamente, como se conectados — além de com comer, dormir, latir e seguir esquilos subindo em árvores — com algum sentido grave e esperto de perda premonitória. Como Jasper, o cocker spaniel do romance, que reconhece algo estranho ou errado no momento em que "malas são feitas". Quando cães veem uma mala ou escutam o som oco e desajeitado de uma mala sendo tirada do armário, *eles sabem*. Os rabos abaixam. Os olhos escurecem. As patas se arrastam. Eles suspiram.

Cães sabem que passos estão se apressando para sair pela porta, agarrando as chaves e se esquecendo de apagar as luzes, e que passos estão simplesmente vagando entre os cômodos. Eles apreciam o assobio da chaleira porque representa a calmaria. Eles talvez não gostem dos sons rudes e grosseiros da televisão, mas entendem que a força deles nos mantém em casa. O cão se aproxima, amassa as almofadas do sofá até estarem na forma correta e confortável, ou se enrosca no chão. "Um coração batendo aos meus pés", escreveu Edith Wharton.³ Porque, na verdade, o cão só quer que a gente fique. "Por que partir? Por que me deixar? Eu não basto?" é o que parecem perguntar quando inclinam a cabeça e se instalam em frente às portas. Quando erguem as sobrancelhas — como sobrancelhas flutuantes de marionetes — para dizer "Adeus? De novo?". O pior é quando desistem antes mesmo de calçarmos as botas. Eles se viram de costas ou escapam para outro cômodo e de repente nossa vida para de uma vez, porque nosso coração dá um pulo até a garganta. Queremos correr atrás deles para dizer "Você sabe que eu te amo, né?". Às vezes, nem digo "Eu te amo". Só penso. Penso com força. Mesmo assim, sempre digo "Você sabe, né?". É a reafirmação que deve ser repetida. Amar meu cão não é só amor, mas também o para-choque do amor. Amor e o seguro do amor.

Porque cães são sensíveis ao ar que faísca ao redor de uma família atrasada para a reserva do jantar, talvez em um restaurante elegante, ou para um compromisso para o qual o cão não foi convidado. Eles sabem que casaco vestimos para passeios longos no parque, aquela extensão vasta de verde ou neve, gravetos, cheiros e outros cães, como Bernie, Jack, Hugo, Urso.

No entanto, como aponta du Maurier, quando a casa se esvazia e volta ao silêncio, o cão é exposto àquele sentimento terrivelmente humano: a solidão. Tudo que ele pode fazer é voltar devagar para a cama quando o carro se afasta. Esperar ativa e leal-

---

³ No original em inglês, "A heartbeat at my feet". Extraído do texto "In Provence and Lyrical Epigrams", *Yale Review*, v. 9 (jan. 1920). (N. da T.)

mente é a missão e o fardo do cão. Ele se senta em frente à janela, ou perto do vestíbulo de entrada.

O focinho do cão talvez seja sua característica mais desesperadora. A forma como ele o apoia em qualquer superfície possível. Além das patas, o focinho do cão é seu mais gasto — talvez pudéssemos dizer parte, mas — traço. Característica. O focinho do cão expressa seu humor. O focinho do cão é onde ele guarda seu temperamento. Sua exaustão. Seu desânimo. Onde ele escolhe descansá-lo também transmite atitude; um senso de humor. Uma piada.

Quando ele está sozinho e todos se foram, quando eu me preocupo se o dia escurece antes de chegarmos em casa a tempo de acender as luzes, o focinho do cão é terrivelmente triste. O focinho é ele, inconsolável. O focinho é a esperança que desaparece. Às vezes quero tocar cada superfície sobre a qual ele apoiou o focinho, porque, um dia, ele partirá e eu vou querer olhar ao redor e encontrar marcas de focinho. Focinhos lembrados. Corações batendo aos meus pés.

MEDO DO AMOR
Por Ana Gabriela

temo coisas
que nem entendo
temo você
andando por aí
quando você se preocupou.
"tudo bem", respondi
não é que eu não te ame
só não quero que sofra.
quero te contar coisas
que vejo em sonhos
mas sempre que tento
quero desaparecer.
me pergunto se tudo bem
tudo bem te amar?
tudo bem temer?
não sou boa em tanto
mas hoje quero dizer
que quero explorar o mundo com você
e não quero temer
segurar sua mão.

ACENDER OS SENTIDOS: UMA CONVERSA COM MARGO JEFFERSON

Sobre desenvolver e celebrar os instintos.

Por Diamond Sharp

Conheci a escrita de Margo Jefferson em seu livro de memórias, *Negroland*. Eu me identifiquei com as descrições afiadas da vida com depressão e problemas de saúde mental. Sua carreira impressionante, que já cobre quatro décadas, foi uma inspiração para mim. Atualmente, ela é professora na New School e publicou seu livro de memórias, *Negroland*, em 2015.

DIAMOND SHARP Qual é o papel do amor — amor-próprio, amor romântico, amor platônico — na sua prática como escritora?

MARGO JEFFERSON Qual papel não é do amor? Sou uma crítica, o que significa que estou sempre me definindo — definindo minha sensibilidade, minha prosa, meus sentimentos — a partir do que amo. A partir do que não gosto e do que odeio também, mas não é possível pensar no que odeio sem tentar definir, ainda mais especificamente, o que amo e o porquê. O romance acende os sentidos, o que é sempre bom para um escritor. Meus amigos mais próximos são meus melhores leitores e também são, muitas vezes, minhas musas. Família? Katherine Anne Porter escreveu [no ensaio "Reflections on Willa Cather"] que "a infância é a fornalha acesa e ardente na qual somos todos derretidos até a essência...". A família é nossa primeira experiência com esse material primário essencial.

Tive o prazer de te ver conversando com Morgan Parker e outras mulheres sobre o tema da depressão. Qual é sua abordagem ao escrever sobre depressão?
Não há uma única abordagem ao escrever sobre depressão. Só agora estou encontrando formas de abordar, porque nunca tinha escrito abertamente sobre isso antes de *Negroland*. No livro, tratei o assunto como um material psicológico e particular, como um material social e cultural e como um retiro (um intervalo raivoso) da vida que parece injustamente esmagadora. Eu me interesso pelo aspecto obsessivo: a depressão pode ser viciante, uma espécie de isca. Cada vez mais, me interesso pela forma silenciosa e discreta com que afeta nossos gostos e necessidades diários. Como escrever sobre isso sem drama, talvez até de forma benigna? Seria possível?

O que te encorajou a começar a escrever crítica? Que dicas você daria para alguém começando a fazer o mesmo?
Comecei lendo o trabalho crítico de escritores que admirava, de romancistas e poetas a críticos em tempo integral. Isso me encorajou, porque me empolgava. Iluminava minhas sinapses emocionais e intelectuais. Apurava minha percepção de como minha mente podia funcionar. É um bom começo. Além disso, recomendo prestar sempre atenção ao que te empolga de toda e qualquer forma. Que livros, que filmes e séries, que músicas, que artistas visuais e *performers*? Surpreenda-se. Siga o trabalho, o artista; faça

anotações, descreva e torne aquilo vivo. Examine suas próprias reações e motivações. Note o que gosta mesmo que pessoas que respeita achem "tosco", "desinteressante" ou "ofensivo". Note o que está tentando gostar *porque* há um consenso cultural a respeito. O que faz com que você se sinta insegura ou esnobe? Brinque com a língua ao descrever e avaliar! Lembre também que a avaliação não precisa ser um julgamento fixo e elevado. Pode ser uma coleção de pensamentos. Pode ser uma série de perguntas.

Sua conversa com Jenna Wortham e Wesley Morris no podcast *Still Processing*, depois da eleição presidencial americana de 2016, foi ao mesmo tempo incisiva e reconfortante. Que conselhos você daria para aqueles que se sentem desencorajados pelo resultado das eleições?
Leia de tudo e pense muito. Aja — existem várias organizações e canais. Deixe que as pessoas que ama e nas quais confia deem coragem.

Seu livro de memórias, *Negroland*, foi uma leitura muito informativa para mim, que também sou de Chicago. Você poderia falar um pouco mais sobre a influência de Chicago, e do amor pelo lar, no seu trabalho?
Não moro em Chicago desde que acabei a faculdade em 1964; só visitei. Isso significa que é um espaço de memória e história para mim. Da minha infância e adolescência, claro, mas ainda mais do mundo que meus pais, seus parentes e seus amigos fizeram. É a história e a literatura americana em ação para mim, uma história que estou sempre relendo. É uma narrativa histórica, uma saga familiar multigeracional; é um drama e uma comédia de costumes.

Qual é a coisa mais importante que você aprendeu durante a carreira como jornalista?
A não ficar confortável demais com o que faço bem. É fácil ser elogiada por uma voz ou uma abordagem que se torna sua assinatura — sua *marca*. Não é problema nenhum, mas não se atenha a isso, senão acabará entediada.

O que você aprendeu sobre escrita com seus alunos e com o ato de ensinar?
Quando ensinamos a escrever, precisamos dar uma forma e linguagem claras à prática. Precisamos também perguntar se a prática combina com o trabalho de cada escritor apresentado. Nem sempre combina — como seria possível? — e por isso precisamos saber o suficiente sobre o ofício de escrever para propor outros métodos. Isso é útil, nos torna mais inteligentes sobre a escrita no geral. Também pode oferecer formas de trabalhar nas quais nem pensamos, formas de escapar de velhos hábitos. Meus alunos são de gerações diferentes. As estruturas e referências deles não são as minhas e muitas vezes eles se fascinam por escritores e estéticas diferentes. Eles recomendam trabalhos que não conheço. Isso me deixa mais humilde, pode até ser constrangedor, porque é difícil para uma professora abrir mão do papel de narrador onisciente. Mesmo assim, no geral, é divertido.

ANTES DE EU COMEÇAR A ESCREVER ESSAS COISAS DIRETAMENTE PARA VOCÊ

Dois brincalhões apaixonados.

Por Tavi Gevinson

Dentes lascados, cabelo preto e bagunçado, uma falta de noção do próprio rosto que faz seu sorriso ser grande, bobo e livre (nascidos da liberdade, libertando, oferecidos livremente). Eu já me apaixonei por rostos perfeitamente zerados, olhos enormes de vidro que sumiam ou apareciam dependendo do humor, que davam atenção se o tempo estivesse bom. O magnetismo, então, estava na possibilidade de descobrir o que se escondia atrás do rosto: como alguém conseguia ser perfeito a ponto da boca não se curvar além dos limites da indiferença, além da intimidade das emoções que esperava que nutrisse por mim, em meio ao silêncio? O que estava *acontecendo*?

Com ele, eu não quero nem preciso *saber*; só encontrá-lo no plano em que ele parece estar deslizando entre o que quer que aconteça, olhando para fora e sem se cuidar, nada de tomadas aéreas, só aceitar cada novo evento assim que começa e que o anterior acaba: beijar e dar as mãos, dizer "oi" do nada e uma vez em uníssono, o medo implícito mas mútuo do clichê quando ele diz algo como "parece bobo, mas você é muito bonita" e não consigo responder porque ainda estou tentando enfrentar o medo de parecer boba também e, além do mais, silêncio é a melhor descrição para tudo que ele é; o silêncio, eu espero, diz que ainda estou processando, que estou impressionada; que por enquanto sou uma pintura de Agnes Martin. Silêncio, talvez, ou a última coisa que disse ao pegar no sono outro dia, que ele me contou de manhã e que se tornou um substituto mútuo para todas aquelas outras palavras sentimentais: "Eu te odeio." Eu o odiei tanto ontem à noite quando ele colocou uma aquelas músicas harmoniosas de Natal e cantou junto bem baixinho, sem entonação, quase como uma cantiga, a dois centímetros da minha cara, e foi tão absurdamente fofo que acredito ter congelado; quando escutei a música de novo sozinha hoje à tarde, minhas bochechas e minhas têmporas queimaram tanto que precisei enfiar o rosto no colchão e meio que apaguei antes de notar que estava chorando. Ele patina nos anéis de Saturno. Ele faz qualquer amor anterior a este parecer tão idiota, tão triste. Ele disse que, na adolescência, se metia em problemas com as garotas porque ficava de olhos abertos enquanto beijava: "Eu pensava demais. Olhava para os lados, pensando *Onde* estamos? *O que estamos* fazendo? Aí elas ficavam bravas e eu tinha que dizer "Desculpa, *Dana!*". Às vezes, quando nós dois estamos de olhos abertos enquanto nos beijamos, ou quando estamos muito próximos, ele coloca as mãos ao redor do nosso rosto para bloquear todo todo todo o resto e diz: "Escudo protetor!" Contei para Celia e ela falou: "Que nem um estereoscópio!" Às vezes também parece um binóculo. Ou um caleidoscópio. É tudo lindo. E o sorriso de dente lascado.

 Eu me sinto mal por só encarar, porque meu olhar às vezes não sabe sorrir.

"O que houve?"

"Nada! Por quê? O que foi?"

"Você parece triste."

"Não estou!"

Estou admirada! Vou explicar isso para ele... um dia. Hoje mandei para ele a imagem do cartão de dia dos namorados do Ralph Wiggum, em *Os Simpsons*. Um passo de cada vez. Estou ciente das ironias iminentes e me esforçarei muito para não me tornar as pessoas que já namorei. Só não confio muito em palavras e me pergunto se mesmo escrever isto aqui já murcha a história toda, como no conto "O beijo", de Tchekhov, no qual o triste solitário conta a história de um encontro romântico improvável para os colegas homens e, ao ouvir em voz alta, sente a experiência como lamentavelmente insignificante. Da mesma forma, rio muito quando estou com ele e, quando ele pergunta do que estou rindo, menciono algum acontecimento da minha memória recente, noto no meio do caminho que só é engraçado para quem esteve presente e me interrompo para suspirar e gemer de dor, para fazer uma mímica de me enforcar ou bater a cabeça na parede, aí rio mais do que ele agora, porque as formas com que a vida, a conexão e a comunicação simples são *difíceis* pra caralho ficam extremamente engraçadas e acabo gargalhando em meio a essa mania induzida pelo absurdo. Será que minhas piadas são engraçadas? Não importa! O melhor do senso de humor — assim como, suponho, do amor — é que não se trata de gosto ou qualidade, do jeito que as pessoas falam de ter bom ou mau gosto em filmes, roupas ou o que quer que seja: é o que literalmente mais te faz rir, então nunca pode estar errado. Racionalizar não é mais necessário. Não sinto pressão interna para entender por que "funciona" e dizer para meus amigos que "É ótimo porque ele trabalha na área

X mas não é um tipo Y!". Nada disso importa; quem é bom o suficiente com palavras pode fazer qualquer coisa parecer uma combinação sensata. Quem é bom em argumentar sabe defender um relacionamento triste como um advogado muito talentoso. Neste caso, não preciso de palavras, porque tenho o sentimento: indiscutível, incontestável, sua própria criatura.

O CORAÇÃO TENTA LIMPAR SEU NOME
Por Bassey Ikpi

deixe-me lembrar por que fui posto aqui
não para doer, receber mágoa ou quebrar
você aceitou fácil demais

limpe meu nome

estou aqui para mover sangue
bombear e pulsar e lembrar os vivos
que vivem

faço meu trabalho

apesar dos coágulos
ainda há oxigênio disponível
não aceitarei isso

não deixarei

diga que dói
não há vergonha nisso
diga que quer se enroscar

reivindique a decepção agonizante
mas culpe o baço
a vesícula biliar inútil
quando foi a última vez que o apêndice se responsabilizou?

não posso me culpar

te mantive em movimento
apesar da dor
da necessidade trágica de deitar e forçar paralisia

quem manteve o ritmo

fui eu.
e pulsou.
fui eu.

te permiti movimento
quando estava pronta
quando o tempo de luto passou

me esquecerá de novo

mas onde estava seu belo cérebro, enquanto eu labutava?
provavelmente pensando no inimaginável;
te enganando para acreditar que isso te mataria.

continuei batendo

mostrando que nunca falharia
mandando uma ode pelas veias

te amo mais que tudo

acha que eu quebraria por outra?
acha que eu doeria por alguém
além de você

limpe meu nome

escreva que te salvei
que andamos pela vida
nos dias em que só eu ouvia

cadê meu poema

cansei da culpa
o coração dói
o coração quebra
o coração falha

o coração tenta
o coração vive
o coração bate
e pulsa
e carrega

garanto que não fique presa
quando isso passar
quando os olhos que nunca considerou inimigos
mostrarem a verdade

talvez então me agradeça

até lá, continuarei a mover este sangue
a dar oxigênio para este corpo
você continuará em luto

estarei aqui quando acordar

AUTOACEITAÇÃO
Sobre usar suas forças.
Por Sarah Manguso

Eu teria sido mais feliz com meus 20 e 30 anos se não pensasse que, para ser uma escritora de verdade, eu precisava escrever um livro muito longo. Mesmo depois de quatro, cinco, seis livros eu continuava a acelerar o motor, me preparando para escrever o livro longo com uma voz, um estilo e um modo que nunca queria usar, mas me sentia obrigada. Achei que eu era provisória, uma reserva de espaço, o ser que eu só seria até magicamente me tornar o ser ao qual aspirava ser, com interesses diferentes e uma sensibilidade diferente. Eu vivia em um estado permanente de aspiração. Como seria se eu me aceitasse como uma entidade mais ou menos fixa? Fazer isso parecia desistir, como decidir parar de respirar.

Comecei a escrever vários livros longos e, cada vez que começava, sentia que estava prestes a me tornar a pessoa que eu deveria ser: a autora de um livro muito longo. Também me sentia, imediatamente, completamente desinteressada em escrevê-lo.

Logo depois de fazer 1 ano, as inclinações do meu filhinho surgiram. Ele preferia vegetais a carnes, lama a tinta, e ainda prefere. Antes de conseguir ficar em pé sozinho, comprei um cavalete. Anos depois, continua sem muito uso; ele prefere a coleção de pedras. Como todos que conheceram uma pessoa desde o nascimento entendem, a personalidade dele é restrita por uma coleção de tendências e atributos fixos; não é um rascunho a ser desenvolvido e melhorado até virar uma outra criança carnívora e pintora.

Para minha surpresa, logo que meu bebezinho se tornou uma criança, completo em si mesmo, notei que minha experiência diária tinha adquirido uma calma desconhecida. Quando minha amiga mais antiga desmoronou depois de outra suposta humilhação pública, não desejei mais que ela pudesse apagar todas as memórias da infância e se tornar alguém menos suscetível a vergonha. Em vez de me irritar quando meu marido estava deprimido e não conseguia conversar, senti que me afastei da disputa dos argumentos racionais e simplesmente tentei reconfortá-lo. Sem notar, eu de repente me tornara melhor em aceitar as outras pessoas como elas são.

Essa nova habilidade também se espalhou para minha autoavaliação. Pela primeira vez, na casa dos 40, passei a vestir meus jeans e escrever minhas páginas com um certo grau de calma, a viver sem um zumbido constante de insatisfação no fundo. Um certo conflito interno está desaparecendo, um conflito que nunca soube bem que existia. Talvez seja uma experiência comum, causada por criar filhos ou por chegar à meia-idade; talvez seja tão comum que não mereça menção. Mesmo assim, eu não a esperava. Ocorre a mim que talvez aceitação seja uma habilidade de uso amplo, como a leitura.

Não espero mais me tornar alguém que escreve um livro muito longo, mas ceder não parece falhar; parece um contexto no qual muito ainda é possível. Passei a entender que algumas das coisas que disse a mim mesma que faria um dia são sonhos vazios. Abrir mão de sonhos vazios não é o mesmo que me resignar; é só abrir mão de um ímpeto imaginário na direção de um fim improvável.

Use suas forças. É um bom conselho, dado muitas vezes; também é um insulto bastante bom. Minha sogra um dia disse, gentilmente, enquanto eu me irritava por não caber em nada nos cabides de uma loja de roupa: "Todos trabalhamos com o que temos." Ela era baixinha e magra. As palavras bondosas e bem escolhidas me atingiram bem no coração, com mais sinceridade do que algum comentário sobre a vantagem de ser alta, o que alguém menos cuidadoso teria dito, seguido por algum comentário autodepreciativo sobre ser baixo.

Sonhei muito com acordar em um corpo diferente, em escrever um livro que nunca escreveria, até parar de sonhar. Mais transformações estão a caminho — ainda não sou um fóssil —, mas não acho mais que só alcançarei a individualidade após uma transformação impossível, uma transformação em outra pessoa.

COMO CONFESSAR UMA PAIXÃO
Admire ativamente.
Por Krista Burton

"Preciso contar uma coisa: estou a fim de você."

Ainda estava quente naquele dia de outubro, cheio de árvores verdes, grama verde e uma brisa que mexia na superfície do lago como se brincando com a água. Eu e Ellie[4] andávamos muito pela trilha ao redor do lago; levava uma hora e sempre parávamos um pouco na área de vôlei cheia de caras sem camisa.

Meu coração batia forte. Pronto. Eu tinha contado para Ellie.

Ela se virou para mim e sorriu.

"Eu sei", respondeu.

Ela segurou minha mão e a beijou, como um rei feérico oferecendo uma bênção a um camponês, como se nada no mundo fosse mais natural do que beijar a mão de outra garota.

Meu coração explodiu.

Meu Deus, eu amava Ellie. Eu a achava tão linda e, quando a gente conversava, ela ouvia com atenção, como se eu fosse a melhor e mais interessante parte do seu dia. Ela usava brincos de argola dourados, mas não usava maquiagem, e era tão profundamente si mesma que, caso não existisse, provavelmente restaria

---

[4] Nome foi alterado.

um buraco negro no universo bem na forma de seu corpo. Ellie era legal demais para mim — uma menininha tímida e mórmon do Wisconsin, usando roupas de brechó que não cabiam bem —, mas, no instante em que nossa primeira aula de escrita do primeiro ano acabou, ela perguntou se eu queria ir tomar um café. *Ah, é assim que as pessoas ficam amigas.*

Agora estávamos no segundo ano, dando a volta no lago. Eu sempre tinha amado Ellie, mesmo namorando um monte de gente nesse meio-tempo. Agora eu finalmente tinha contado.

"Eu te amo, Krista."

Ellie continuou segurando minha mão, balançando enquanto andávamos. Eu estava tão feliz, nem acreditava que tinha esperado tanto tempo para contar. Agora ficaríamos juntas, ela também sempre sentira o mesmo.

Ellie cobriu minha mão com sua outra mão e parou de andar.

"Mas não te amo desse jeito", disse. "Só como amiga. Uma amiga que eu amo muito."

O olhar de Ellie era carinhoso e preocupado. Ela já fizera isso antes. Todo mundo vivia se apaixonando por ela. Certa vez, uma mulher elegante de 50 anos viera até a gente em um bar como se estivesse em transe, para dar um cartão para Ellie e dizer que gostaria de levá-la para jantar. Não fui a primeira a ver Ellie, nem a ter certeza de que estava apaixonada.

Ellie me abraçou.

"Não quero te perder como amiga", disse.

Ela andou comigo até em casa e eu passei seis meses sem ligar.

Se você já esteve apaixonada intensamente, de forma *transformadora*, sabe que esses sentimentos românticos podem consumir seus pensamentos. Talvez também conheça a angústia de *não* saber. Como a pessoa se sente sobre *você*? Sabe que você está apaixonada? Talvez esteja apaixonada também, mas seja tímida demais para contar! Ou talvez nem saiba que você existe, aaaaaaah.

Contar para alguém — seja uma amiga próxima que você conhece há anos ou um desconhecido que viu na lanchonete — que você gosta MESMO dele é difícil. A situação tem muitas variáveis e pode dar vários resultados diferentes. Seu crush pode ficar animado e corresponder os sentimentos! Pode também levar um susto e nem saber *como* se sente, porque nunca parou para pensar em sair com você! Pode ficar feliz e lisonjeado; pode ficar irritado porque acontece sempre e *mddc só queria um amigo!*; pode ficar potencialmente interessado, mas não sentir muita química; pode até ficar chocado e irritado se sentir que sua paixão o ameaça, ou ameaça a amizade. Contar para alguém que você está apaixonada parece tão pequeno, mas, na verdade, é corajoso, estressante e, muitas vezes, completamente aterrorizante.

É por isso que todo mundo tenta evitar. Quem quer ficar vulnerável em frente a outra pessoa, expor sentimentos íntimos e falar abertamente sobre o que deseja? Por que não aproveitar e arrebentar as costelas para mostrar o coração ainda batendo com o nome do crush tatuado?

Isso! Estou aqui para te encorajar a fazer isso mesmo. Arrebente as costelas. Mostre o coração. Aprenda comigo, amiga. Não passe anos se perguntando (desesperada) se sua paixão é correspondida; só conte! Qualquer que seja o resultado de admitir seus sentimentos, você *saberá*. É difícil seguir em frente com alguém que não sabe que você está apaixonada. Também é difícil superar alguém se você acha que ainda há uma chance. Não fique perdida no purgatório da paixão: conte logo, meu amor!

O ATO DE CONTAR

Só você pode saber onde e quando quer contar para alguém que está apaixonada. Talvez vocês passem muito tempo sozinhos e seja possível contar em particular numa dessas situações. Talvez você não conheça a pessoa tão bem e se sinta mais confortável descobrindo como ela se sente em um espaço público ou por meio de um amigo de confiança. (É um método legítimo e clássico de descobrir se alguém gosta *mesmo* de você, gente.) Talvez vocês conversem por mensagem mas não se conheçam tão bem pessoalmente, então faria sentido transmitir seus sentimentos pela tela. Talvez você queira escrever um bilhetinho fofo, deixar no armário dela e ignorar a pessoa que você gosta para sempre no corredor, esperando que ela te aborde, agora que já sabe. Existem milhões de formas bonitinhas e razoáveis de contar para alguém como você se sente, e o ato de contar só leva de uns trinta segundos a um minuto.

É por isso que não vamos falar sobre COMO contar para a pessoa que você gosta que ela é a pessoa que você gosta. Quando você decidir fazê-lo, é rápido. O que vamos discutir é o que acontece *depois* de contar, porque é aí que as coisas ficam complicadas.

Na minha opinião, são três os resultados possíveis depois de você se expressar, mas cada um tem variáveis infinitas para como sua história em particular com essa pessoa pode se desenrolar. Vamos nessa, então?

1. Reciprocidade

Reciprocidade provavelmente é a opção que você espera quando conta que gosta de alguém. A pessoa também gosta de você e diz isso! AAAAAH MEU DEUS SUA PAIXÃO É CORRESPONDIDAAAAAAA AAAAAHHHHHHHH. Contar para alguém que você tem sentimentos românticos e ouvir a pessoa dizer que ela também sente o mesmo por *você*? É que nem ganhar na loteria. Tipo: *QUEM DIRIA, UNIVERSO?* Que loucura que, nesse mundo todo, a pessoa em que você pensa o tempo inteiro *também* pensa em *você*?

Em uma situação clássica de reciprocidade, vocês querem namorar, ficar juntos, inventar apelidos secretos e especiais de bichinho e passar muito tempo deitados sob árvores em parques, só olhando um para a cara perfeita do outro, impressionados com como vocês se gostam tanto.

Espero que isso aconteça com você. Estou torcendo por você e por quem você gosta. Espero que vocês namorem e fiquem bem apaixonados. Espero que seja maravilhoso! Que funcione bem! Que seja tudo que você queria.

2. Complicação

A vida tem umas reviravoltas engraçadas, amiga. HILÁRIAS! Pouquíssimas situações são 100% simples. A seguir, algumas coisas que podem se complicar com a pessoa amada:

- Você conta que gosta da pessoa, a pessoa diz que gosta de você... mas já está namorando *outra* pessoa, de quem *também* gosta.
- Talvez a pessoa que você gosta goste de você, mas tenha acabado de passar por um término difícil e não se sinta pronta para se envolver em um relacionamento novo.
- Talvez vocês se gostem... mas um de vocês não tenha permissão para namorar. Nem um pouco.
- Talvez o relacionamento em potencial não seja hétero e uma de vocês esteja confusa sobre como seria. Ou uma de vocês participe ativamente de uma religião que rejeita ou proíbe homossexualidade.
- Talvez um de vocês esteja ocupado demais para namorar, porque tem escola e dever de casa, pratica esportes, trabalha depois da aula e precisa cuidar de um irmãozinho.
- Talvez uma de vocês goste da outra *muito* mais e a outra pessoa esteja mais interessada na atenção.
- A pessoa que você gosta? A última pessoa que namorou foi... sua melhor amiga.
- A pessoa que você gosta *é* sua melhor amiga e, mesmo que vocês duas se gostem, morrem de medo de perder a amizade se não der certo.
- Você e um amigo próximo têm crush na *mesma* pessoa e agora a tal pessoa só gosta de *você*.
- Na real, talvez você *e* quem você gosta namorem

outras pessoas e estejam todos no mesmo grupo de amigos. Que divertido!

Qualquer uma dessas coisas pode acontecer ao contar que está a fim de alguém. Às vezes você gosta de alguém que gosta de você, mas não é possível vocês ficarem juntos ainda... ou nunca. Pode ser muito difícil e tão sofrido quanto descobrir que a pessoa não gosta de você. Esperar é um saco. Precisar ser paciente e/ou madura nessa situação é chato. É o seguinte: depois de fazer o esforço de se abrir, não tem como controlar o que vai acontecer. Aprender a aceitar qualquer situação que possa ocorrer depois de você fazer sua parte (ser vulnerável e dizer como se sente!) é parte de Crescer e Aparecer.

O que quer que aconteça com quem você gosta — quer vocês acabem juntos ou não, ou vivam algo no meio do caminho —, vai dar tudo certo, querida. Prometo. Vou dar mais umas ideias de situações possíveis e de como lidar com o que acontece.

3. Rejeição

Odeio ter que falar disso, mas é preciso. Desculpa. Você pode contar para seu interesse romântico que tem interesses românticos e... descobrir que ele não tem. Talvez a pessoa seja gentil. Talvez te rejeite completamente. (É melhor ela não rir, senão vou atrás dela para brigar.) Não importa como acontece, só que a resposta é "não".

"Não" é válido, meu amor. Pessoas têm o direito de te rejeitar. "Não" dói, mas "não" também é algo que precisamos aprender a aceitar. Pelo menos é uma resposta! Está tudo claro e você não precisa mais sofrer se perguntando se a pessoa por quem anda obcecada gosta de você. Não gosta. É um saco. Mas agora é possível tocar a vida.

Sei que parece um pouco simplista demais, como se fosse fácil desligar o coração. Só que é necessário no caso de rejeições. Quanto a superar...

Vai nessa, miga! Faça o que for preciso para superar, seja chorar, conversar com amigas ou correr na estrada gritando "How Do I Live?" da LeAnn Rimes sem parar. Bote todos esses sentimentos nojentos para fora! Você precisa se *curar*!

Tente se tratar bem. Encontre coisas das quais gosta e faça isso. Se jogue na vida social; experimente algo novo e assustador que te interessa (para mim, nada é mais assustador do que aulas de teatro de improvisação) e se concentre em viver a vida! Quem precisa daquela pessoa? Você que não!

Mesmo assim, não tem jeito de evitar: o mais importante para superar alguém é tempo. Chegará um momento — depois de dias, semanas ou meses — em que você notará, com um choque, que faz muito tempo que não pensa no antigo interesse amoroso, e será uma sensação boa e surpreendente. Você pode até pensar "Nem acredito que gostava tanto dele!". Ou achar engraçado ter acreditado que estava *apaixonada* por alguém que não te amava. O tempo faz com que emoções afiadas se tornem mais macias e difusas; permite que você respire e examine a situação com um novo olhar.

Até lá, o que não se deve fazer é o seguinte:

Não fique por perto (porque você decorou os horários da pessoa) esperando que ela mude de ideia. Não continue a stalkear as redes sociais. Não tente de novo umas semanas ou uns meses depois, nem flerte mandando mensagens ou fotos engraçadas/fofas para que ela se apaixone. Por quê? Porque você não precisa da pessoa que te rejeitou. É uma pessoa que viu seus desejos mais profundos, que te viu no seu estado *mais vulnerável* e disse "Nem". Não é alguém que você quer namorar. Se a pessoa mudar de ideia e se apaixonar depois (às vezes acontece), ela sabe onde te encontrar, então você pode esperar que ela venha te procurar. Além disso, se você continuar com as mensagens engraçadinhas e o comportamento fofo-mas-definitivamente-meio-obcecado, está mantendo a pessoa por perto mentalmente, o que torna a superação mais difícil.

Querida, quando a Ellie me rejeitou, fiquei sem ar. Achei que não conseguiria viver. Quando acordei no dia seguinte, só conseguia pensar "Ela não me ama", o que era um sentimento horrível e pesado, como se um monstrengo verruguento estivesse sentado no meu peito. Só que é o seguinte: a vida acontece como acontece e, no fim, ficou tudo bem. *Eu* fiquei bem. Conheci alguém uns meses depois que me fez esquecer o quanto amava Ellie; tinha uma *nova* paixão, maravilhosa e correspondida. Tínhamos apelidos ridículos e secretos de bichinho, trocávamos um diário e passávamos horas sentadas sob árvores em parques, impressionadas com nosso rosto inteiramente perfeito. Passei muito tempo apaixonada por Ellie e ainda amo como *pensava* nela... mas a realidade? A realidade acabou sendo ótima.

Conte para a pessoa que está apaixonada por ela, meu amor. Admire ativamente e esteja pronta para aguentar as consequências. Você consegue!

VIVER PELA ESPADA
Arthur, de novo e de novo.
Escrito e ilustrado por Annie Mok

Na adaptação de T. H. White dos mitos arturianos publicada em 1958, *O único e eterno rei*, White apresenta sua própria versão dos heróis clássicos: Arthur, normalmente retratado como um cara corajoso, é manipulado pelo irmão e idolatra os heróis. Lancelot, em geral de uma beleza notável, é descrito como feio. Como meu amigo Lee apontou, também há várias cenas de Lancelot lutando com outros jovens, todos nus e suados. Lee chama *O único e eterno rei* de "aquele livro dos cavaleiros tristes e gays".

Eu originalmente li essas histórias no livro *Rei Arthur e seus cavaleiros da távola redonda*, escrito por Roger Lancelyn Green. A capa da minha edição tem um estilo pixelado de videogame. Eu me lembro de jogar Game Boy Advance e ver arte desse tipo sempre me faz pensar nesses mundos, cheios de magia e transformação. Em uma das histórias de Green, Arthur joga a velha espada em um lago e Nimue, a mágica Dama do Lago, entrega em troca a mágica espada Excalibur, que só Arthur pode empunhar. A troca lembra vários contos de fadas e lendas em que o ato de dar transforma a dádiva, que retorna a quem deu. Essa história arquetípica é detalhada em diferentes culturas no livro *A dádiva: como o espírito criativo transforma o mundo*, de Lewis Hyde. Hyde descreve esse retorno na conexão entre criar uma obra de arte e dar uma dádiva quando diz que o artista muitas vezes sente o desejo de criar uma obra e compartilhá-la quando aceita o que lhe foi dado.[5]

Lendas atingem meu coração com o que o cineasta Guy Maddin chamou de "verdade melodramática" em uma entrevista com o crítico de cinema Robert Enright no filme *Meu Winnipeg*: uma versão exacerbada da realidade que se conecta mais com um centro psicológico e emocional do que uma representação mais clara o faria. Esses contos de espadas, feitiçaria, dragões e transformação revelam algo além do vale de lágrimas em que vivemos. Como sou uma mulher trans que passou pela transição, a magia que muda a forma de uma pessoa ressoa em mim. Nomes têm poder nos mitos arturianos e T. H. White brinca com esses nomes de forma sagaz: quando é jovem, Arthur é Wart, depois se torna Arthur. Guinevere, a rainha de Arthur, se torna Gwen. Assim como eu me tornei Annie.

Como muitas histórias sempre em construção, as lendas do Rei Arthur — talvez até o próprio personagem — podem ter vindo de uma fonte histórica. Em uma lenda, uma espada é cravada em uma pedra e ninguém consegue tirá-la. O documentário *The Truth Behind: The Legend of*

---

[5] No texto original, esse trecho aparece em forma de citação. Devido a questões de direitos autorais sobre a liberação da tradução brasileira, foi necessário o uso dessa estrutura. (N. da E.)

King Arthur, da National Geographic, encontra uma possível origem: o método usado por ferreiros para forjar espadas envolve despejar metal derretido em um molde, o que os leva a tirar a espada da pedra. Adoro esse vínculo com a criatividade, porque costumo sentir que todas as histórias são um pouco sobre a própria arte de contar histórias. Toda história reflete as condições sob as quais foi forjada.

Estou agora escrevendo meu próprio livro em quadrinhos sobre o Rei Arthur; quase todos os personagens são trans e quase nenhum é branco. Mesmo assim, ao escrever, me deparo com as ideias estranhas e os aspectos misóginos por trás da história. As lendas arturianas se preocupam com cavalheirismo, mas contêm atitudes brutais em relação a mulheres: por exemplo, Guinevere e sua relação romântica se tornaram um bode expiatório para Mordred e outros cavaleiros traírem e declararem guerra contra o Rei Arthur.

Penso na minha abordagem como mais bondosa, espero; como T. H. White, quero que todos os vilões tenham alma e vida interior. Lancelot será uma mulher trans e Arthur será um homem trans.

Tudo desmorona nas histórias do Rei Arthur. Mesmo durante as épocas prósperas da Távola Redonda, Arthur pensa na premonição do mago Merlin sobre a batalha que dilaceraria seu reino. Isso ecoa o conhecimento com o qual todos devemos viver, o fato de que um dia vamos morrer.

No entanto, na versão de Green, Arthur é levado a Avalon, uma ilha mágica na qual ele parece adormecer profundamente por muitas gerações. Pois ele é o único e eterno rei, cuja profecia declara que voltará quando a Inglaterra precisar. Isso parece refletir as questões sobre a alma e sua sobrevida, assim como as múltiplas encarnações das próprias lendas arturianas. O código cavalheiro, que determina que um cavaleiro deve ser Bom e abnegado, continua vivo na mitologia da cultura pop, como nas histórias do Batman ou de *Star Wars*. Arthur sempre retorna.

As histórias sobre o Rei Arthur costumam ser violentas, mas a violência cometida pelos cavaleiros nunca é aleatória e é sempre contra homens, em geral homens que aterrorizam mulheres. Acredito (acho, espero) no conceito de justiça restaurativa, mas também acredito que a segurança às vezes só é efetuada por medidas violentas. Não acredito na retórica das jaquetas jeans bordadas com "mate seu estuprador local", mas gosto de ler histórias fictícias nas quais homens que se metem com mulheres são assassinados.

O que me resta é uma pilha de livros. Uma pilha de livros sobre lealdade, beleza e amizade — carregados de racismo e misoginia. Uma parte das lendas do Rei Arthur continuará fiel à sua herança: vou transformá-las de novo na minha versão.

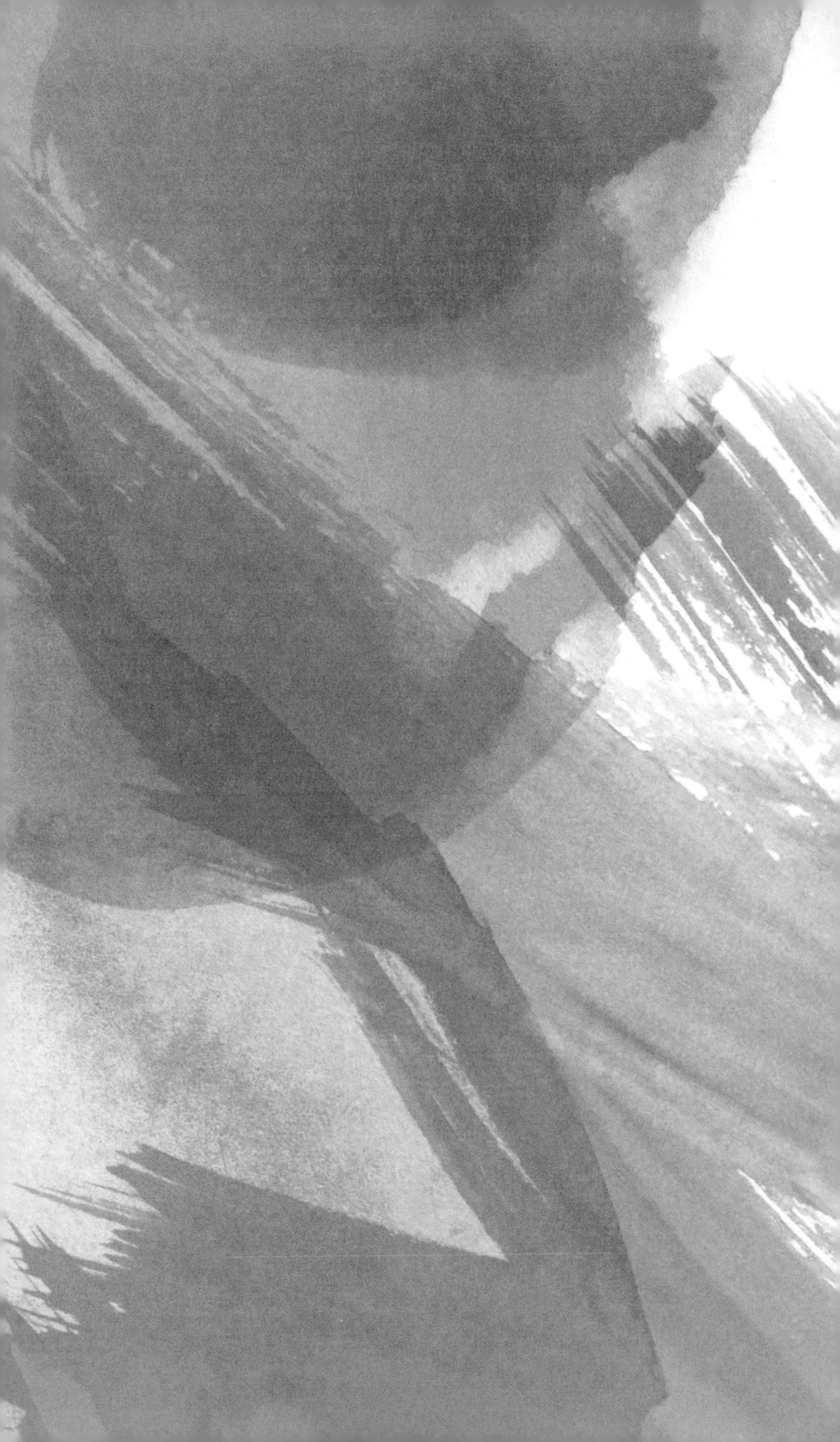

SUPERFICIAL

Entre conhecer e Conhecer.

Por Britney Franco

Começamos com um sonho. Em uma ponta escarpada de rocha, um charco distante, qualquer lugar onde o frio congelante se torne romântico; lá estamos como se nunca separados, mas carregando o conhecimento da nossa realidade. Entre nós, os registros akáshicos da nossa união: tudo que foi pensado, dito, tecido, desenhado. Nenhum de nós se aproxima, mas o ar me chama, o canto de uma sereia que só eu escuto. Penso em tudo que não digo quando passo por você em minha mortalha translúcida, apagando qualquer sinal de vida para que você não se sinta tentado a roubar mais de mim.

"Sabia", digo, "que minha antiga gêmea morreu?"

"Eu sei", responde você.

A morte da minha mãe foi um espectro em toda nossa relação. Falei sobre ela de forma incessante e dedicada, a filha abandonada buscando outra metade para imitar e preencher o espaço esvaziado.

"Você parecia meu novo gêmeo, mas sempre tinha algo estranho. Sempre que eu mexia na nossa semelhança, encontrava mais erros."

Olho nos seus olhos pela primeira vez desde o fim da nossa tradição de ver quem ficava mais tempo sem piscar e, surpreendentemente, você me olha de volta.

"Sempre soube como ia acabar", digo.

"Então por que você o fez? Por que continuou?"

Continuo a te olhar. Acordo antes de poder ver quem perdeu.

Estabelecemos uma diferença no conhecer, não dito. Conhecer alguém é um território vasto, mas limitado aos conhecidos, ao nível superficial. conhecer e Conhecer você se tornou um hábito meu. Conhecer você foi passar de observar você tentando rebobinar meu toca-cassete quebrado na aula de física para me sentar no seu quarto enquanto você rebobina os sons que seu cérebro mandou jogar na atmosfera, voltando e retorcendo por horas até eles se tornarem um molde do interior do seu coração. Tenho um certo orgulho por te Conhecer, um orgulho que não sei explicar além de dizer que admiro o seu ideal que forjei em minha mente e as lascas dos seus princípios básicos que ressoam com tanto peso na minha alma. Você despreza palavras, mas há algo de interessante em tudo que diz. Eu penso quando te escuto. Você não parece pertencer ao aqui e agora e admiro o quão bom você é em reconhecer esse fato e silenciosamente impor seu próprio mundo a tudo ao seu redor. Conforme nos aproximamos, você me mostra sua arte e sua música e, apesar de não me encontrar nela, me empolgo com a ideia de que mais alguém gosta de canalizar energia para espalhar pedacinhos de si por aí. Não importa se eu gosto. Só importa que tudo que se cria é uma espécie de Horcrux, algo que você produziu com uma parte sua escondida dentro como se mandando um foda-se para o fato de que, um dia, o resto de você partirá.

Conhecer você me torna a garota que tem tudo. "É você que conhece tudo", você diz. Por fim, torna-se uma piada cruel, que você não reconhece ou finge não notar. (Com o tempo, passo a achar que é a segunda opção.) Pouco a pouco, começo a entender as brincadeiras com meu narcisismo das quais você tanto gosta, e o cordão umbilical frágil entre minha obsessão com auto-observação e a necessidade de me projetar nos outros, anunciando "Aqui: minha duplicidade é um sinal de que minha presença é válida o suficiente para ser reproduzida — eu não sou um erro...".

No nono ano, não te conheço para além da presença casual em duas das minhas aulas e, de vez em quando, no fundo dos meus pensamentos. Não sei por que você existe nesse segundo espaço, mas talvez seja porque é alguém que eu mal conheço mas consigo me ver Conhecendo, com base puramente em semelhanças superficiais. Elas não significam quase nada, mas me chocam porque ainda não me acostumei a me identificar com outras pessoas. Faço uma fita para você que parece o último tijolo de concreto no meu kit de construção de catacumba, me convencendo de que será uma boa ideia quando eu superar a vergonha. Eu a escondo em um livro em casa (graças a Deus) até encontrar de novo e imediatamente jogar fora.

Dublin, 1980, *Rest Energy*. Os artistas Marina Abramović e Ulay estão inclinados em suas próprias paredes de ar, toda a estabilidade contida no arco e flecha suspenso entre eles. Ulay agarra a corda presa à flecha, Marina segura o arco. A performance dura cerca de quatro minutos. Depois, em *Pelas paredes*, Marina escreve sobre como essa performance representou uma confiança absoluta. Segundo ela, foi um constante estado de tensão, pois cada um puxava de um lado e, se ele vacilasse, ela poderia levar uma flechada no peito.[6]

---

[6] No texto original, esse trecho aparece em forma de citação. Devido a questões de direitos autorais sobre a liberação da tradução brasileira, foi necessário o uso dessa estrutura. (N. da E.)

Durante todos os meses em que nos Conhecemos, a imagem dos três — Ulay, Marina e o arco armado — me assombra esporadicamente, me dando chutes leves quando procuro buracos para rasgar nessa alegria recém-descoberta. Será que você seguraria a flecha até o fim? Minha resposta (ou a falta dela) me faz estremecer.

Talvez eu esteja fazendo a pergunta errada. Você tinha chegado a pegar o arco? Você sequer tinha começado a segurar?

Queria poder dizer para Marina que, mesmo levando uma flecha no coração, ela precisaria continuar a viver depois, usando o sangue que escapa de seu peito para limpar o fogo amigo, juntando tecido rasgado e artérias sob um regime fracassado iminente.

Entramos no cemitério depois do tempo na colina e eu digo que é meu primeiro. Minha mãe não tem lápide; nunca tive motivo ou oportunidade de visitar essa terra dos mortos. Só consigo me concentrar no céu plano, além da natureza idêntica do serafim de pedra que levita sobre nossa trilha.

Passamos por mausoléus.

"Por que alguns têm casinhas?", pergunta.

Amo suas perguntas.

"Que desperdício de espaço", continua. "É por isso que não quero um túmulo. Não quero ser um desperdício de espaço."

"Não quero um velório. Nem quero ser enterrada. Mas também não quero ser cremada", digo, pensando em como nunca tinha imaginado que minha mãe perderia seu corpo. "Honestamente, quando eu morrer, podem me jogar direto na lata de lixo."

Gosto de como conversamos porque há uma ponta de verdade em todas as piadas.

Chegamos a uma encruzilhada.

"Para que lado?", pergunta.
Uni-du-ni-tê, sim, não... para lá. Aponto e andamos.
"É outra colina", diz; você desceu a última de skate.
"Vou descer", digo, abaixando meu skate.
"Não, não quero que você se machuque."
Você disse o mesmo da outra vez, mas essa estrada é pior e as rachaduras não ajudam. Ficarei bem. Estou disposta a arriscar minha pele pela emoção. Sinto você olhando quando parto.

"Como dançarinas, nunca esquecemos aquela imagem que vemos no espelho do ensaio: nós mesmos."
— Hilton Als, *White Girls*

Conforme nos aproximamos, começamos a falar sobre gêmeos. Sempre temi e amei a ideia. Uma piada recorrente com minha mãe era perguntar o que ela faria se tivesse duas de mim. "Ah, não", dizia ela, arregalando os olhos. "Uma já basta." Eu amava a ideia de ser demais para os outros e o suficiente para mim mesma e mais uma pessoa. Nos filmes e programas velhos que eu via quando criança, sempre apareciam gêmeos cujo efeito dual era cataclísmico, forte o suficiente para trazer o Arrebatamento. Eu acreditava que encontraria isso.

Minha obsessão por gêmeos é baseada na minha obsessão por mim mesma e por retalhar minha história para entender como acabei como sou. É muito mais fácil ver quem sou quando desvio o olhar, analisando meus traços na superfície refletora de outro ser. No entanto, a maior atração é a unidade que oferece, algo que transcende amizade, namoro e qualquer outra proximidade socialmente construída.

June e Jennifer Gibbons, conhecidas como Gêmeas Silenciosas, eram gêmeas idênticas do País de Gales que floresciam/padeciam da proximidade e só se comunicavam entre elas por meio de um híbrido corrido de patoá e idioglossia. No perfil que escreveu sobre as irmãs para a revista *New Yorker* em 2000, "We Two Made One", Hilton Als declara: "Sua vida era a fábula de um todo que se divide e não pode se tornar uno novamente." A natureza isolada do relacionamento foi intensificada pela mudança, ainda na infância, para uma comunidade "conhecida por (...) um racismo impressionante", onde elas precisavam ser mandadas embora da escola mais cedo todos os dias. As duas ficavam em estado catatônico quando separadas; elas escreveram uma série de romances ao longo da adolescência e cometeram uma série de crimes que as levaram à internação por onze anos no Hospital Broadmoor, uma instituição psiquiátrica de alta segurança. Por fim, June e Jennifer decidiram que uma delas precisava morrer para que a outra vivesse uma vida completa e socialmente aceitável; Jennifer se ofereceu como sacrifício.[7] Em 1993, pouco depois de uma transferência para a Clínica Caswell, Jennifer não acordou. Ela morrera de inflamação cardíaca repentina, sem sinal de influência de drogas ou medicamentos.[8] June acabou contando um pouco sobre a vida delas para o público e depois se mudou para uma casa perto da dos pais.

Você também se fascina por June e Jennifer quando eu conto que elas foram a inspiração para um de nossos discos preferidos, *Jenny Death*, da banda Death Grips, assim como pelo conceito de linguagem de gêmeos, o que acho reconfortante. Tenho um livre-

---

[7] Fonte: "Inquiry Into Death of Silent Twin", *The Independent*, por Jason Bennetto, 1993.

[8] Fonte: "The Tragedy of a Double Life", *The Guardian*, por Marjorie Wallace, 2003.

to cheio de silhuetas de buquês e começo a escrever palavras e citações nossas nele, riscando o *Romance* em itálico na capa para substituir por CRIPTOFASIA.

Perco o livreto na escola no último dia do segundo ano e uma das administradoras diz que se foi para sempre.

"Você não vai achar de jeito nenhum", diz ela, sacudindo a cabeça. "Nem adianta procurar."

Eu tinha uma vaga sensação, que logo reconheceria como intuição, de que o livreto não duraria muito, o que me causou um certo alívio.

(É mais uma vez na vida em que continuo a ignorar uma verdade final que já previa: como essa experiência se desdobrará e como chegará ao fim. Meu maior defeito sempre foi colocar meus sentimentos acima de todo o resto, a antítese do romantismo espartano que praticava na infância. Minha mãe deixou que o poço do amor fluísse para mim, mas era firme quanto a ficar atrás da muralha quando desconhecidos se aproximassem. "Não se preocupe com paixonites", dizia desde o começo da minha vida escolar. "Só se concentre em si mesma. Nada além disso importa. Você estará sempre em primeiro lugar." O exercício de amor-próprio foi crucial, mas fechou todas as portas que eu queria desesperadamente escancarar em arroubos de paixão.

Temo nunca viver a experiência de permitir que alguém tome essa presença íntima em minha vida, mesmo que a dor futura avulte e espreite da distância desconhecida. Paralelo às palavras dela a tudo que acontece com você, lentamente compreendendo a intenção através do véu de minha própria Via-Crúcis.)

Começamos a desenvolver nossos próprios significados para as palavras, uma expedição conduzida por você. Mesmo com algo tão fluido quanto a língua, com a qual estou acostumada e pela qual me apaixono, me vejo assustada. Odeio a sensação. Tento ler sua mente; aprendemos a conversar sem falar, algo que (positivamente) me assusta. Como escritora, sempre procurei encapsular os sentidos da melhor forma possível nas palavras que colhi, mas também acho que a maior forma de expressão surge da comunicação que transcende os limites impostos pela humanidade a si própria. Há algo de belo na pequena alegria de ter alguém para reconhecer como uma espécie de Outro Eu; por outro lado, o foco extremo em amarrar todos os fios de nossa gemelidade força um olhar próximo sobre nossas dessemelhanças. A busca pelo mesmo se torna mais afiada do que a coexistência da diferença. Finjo não estar me perdendo.

Gosto de olhar nos seus olhos e tentar dissecá-los. Gosto de olhar nos seus olhos e tentar dissecar-me. Gosto de olhar nos seus olhos e vê-los dissecar-me, quer você tente ou não.

"Se você morrer antes de mim, cortarei minha mão esquerda e a colocarei em seu túmulo. Mas, se eu morrer antes, você precisará escrever em letra de forma pelo resto da vida."

"Sério?! Você cortaria sua mão esquerda?"

"Não..."

"Ah..."

"No começo, Jean-Michel acha engraçado e coloca algumas das palavras dela nas pinturas dele. Depois ele a manda calar a boca."
— Jennifer Clement, *Widow Basquiat*

O strip-tease de nossa separação começa alguns dias antes do meu aniversário de 17 anos. Não conversamos mais diariamente, nem nos vemos.

Estamos em um parque com três das minhas melhores amigas. Você conversa com a que eu conheço há mais tempo, inseparável da forma como costumo ser com ela, ou com você, às vezes.

"De vez em quando só fico de saco cheio das pessoas", conta para ela.

Você ergue o rosto e seu olhar encontra o meu. Atinge com força.

"Acontece com todo mundo", continua. "Com algumas mais do que com outras."

Durante as horas que caem após a Grande Revelação de sua apatia crescente, você não fala comigo. Nem uma vez. Eu me pergunto por quanto tempo ignorei o tumor; penso na minha negação inicial do sistema em declínio de minha mãe. A derrota parece mais sinistra a segunda vez. Sou eu que conheço tudo, mas permiti que meu conhecimento se retroalimentasse em vez de usá-lo como arma. Eu me mantenho distante, sem saber se sou masoquista ou pragmática por continuar no grupo. Você é o centro, uma boa variação do seu hábito de pairar, mas eu me retraio.

"Olhe para eles! Nunca o vi feliz assim", diz uma de minhas amigas, alegre.

Eu a encaro porque já te vejo em minha mente. Você está um pouco abraçado à amiga de longa data. Eu já te vi feliz assim.

Parte do que me atrai a você é sua equivalência entre o que outros chamariam de paixão ou afeto e doença. É como você conta que gosta de mim: "Meu estômago se revirou de um jeito novo quando te vi... estou enjoado sem saber o porquê... você me enjoa... você me adoece." Eu me deleito em ser uma infecção.

Eu te ouço falar no parque com minhas amigas, uma mistura de frases que jogou em mim no passado e agora retoma. Você diz para minha melhor amiga:

"Você me deixa enjoado."

Ela não entende. Sacode a cabeça.

"Você me enjoa bem, às vezes", tenta de novo.

É a primeira vez que rejeito o desejo (aqui, uma necessidade) de vomitar ao seu lado; considero se é tarde demais para agarrar de volta as rédeas do buraco no meu coração. Não tenho plaquetas o suficiente para construir uma parede eficiente, além do silêncio passivo que deixei crescer em mim ao longo do dia. Penso na minha mãe, no anúncio da morte, dos meses de sobrevivência seguintes e, por fim, digo a mim mesma: "Isso é a pior coisa que já vivi. É a pior coisa que já me permiti sentir. Você me adoece."

É meu aniversário. Você e o mesmo trio das minhas melhores amigas se movem pelo meu apartamento e pelos arredores do bairro. Você alterna entre quase morto e ativo, mas este último só em interações que não me envolvem. Uma sequência de homens me assediam na rua e você não diz nada quando grito. Estou sempre no limite, equilibrando a invasão do seu olhar com minha presença interna. Minha amiga me dá um cartão no qual brinca sobre te espancar e pergunto se ela vai mesmo. Você só me dirige duas frases o dia inteiro. Uma delas é perguntando se estou bem no final da noite, antes de pegar o trem. Quero rir, mas sou uma tola sem nada a oferecer além de meu vazio. Vou embora de skate.

Segundo ano. Estamos no museu Whitney no finzinho do inverno, quando está prestes a quebrar mas ainda se dedica obstinadamente. Nosso projeto de história da arte nos obriga a ver a retrospectiva do Frank Stella, da qual nos zombamos.

"Você não precisa fingir odiar só porque eu odeio", diz.

Eu me ofendo, mas não digo nada. Finjo anotar em meu caderno.

Mais tarde, andamos por outros andares do museu. Passo de peça em peça e te vejo vagando ao meu redor, olhando para mim e para o que observo. Gosto de saber que você está lá. Começo a ver novos significados. Faço análises mais espertas, ou pelo menos tento. Começo a Conhecer o que está à minha frente.

Esperamos o elevador.

"Já te mostrei minha mãe?", pergunto.

Você sacode a cabeça; no mesmo instante, me animo. Pego uma foto de dentro do caderno. Ela sorri na neve, brilhando sob o casaco de jeans e flanela.

"Ela parece tão feliz", você diz. "É uma pena que alguém tão lindo precise morrer."

É um sentimento estranho, não por natureza, mas porque já pensei nisso ao ver fotos dela. Achei engraçado você dizer algo que eu te imaginaria dizendo. Não digo, porque saber basta.

"Sempre me sinto mal, como se fosse tudo minha culpa", digo.

"Talvez seja. Talvez você tenha matado sua mãe."

Você dá uma gargalhada e continua a rir sozinho. Na mesma hora, sou transportada para um pesadelo que quero negar como realidade, mesmo que você esteja aqui e seja de verdade, mesmo que a luz que nos envolve não tenha sido gerada pela minha mente. A parte mais absurda é que eu sentia um medo constante deste momento há um tempo, mas era um terror tão específico que nunca me dera ao trabalho de me preparar, por considerá-lo irracional demais. Não digo nada. O elevador chega e saímos em outro andar. Cindy Sherman nos recebe com três rostos diferentes. Continuamos imperturbáveis.

Só me lembro de algumas coisas imediatamente depois do carro me derrubar do skate e atropelar minha perna. "Isso é verdade... o número de telefone da minha prima mais velha... preciso te ligar... a dor chegou." Fico hipnotizada pelo inchaço sob minhas coxas, mas não quero cortar o tecido que as segura porque temo encarar a ferida. É o máximo que já senti em meu corpo.

Sou transportada para a emergência por um paramédico que segura minha mão e reza em espanhol comigo. É uma nesga de pureza e sei que, se você visse, riria e diria "Rezar é admitir a derrota". Seu ateísmo toca nos meus pontos mais sensíveis — um desconforto caloroso. Tenho uma lista crescente de todos os casos de beleza e vida dinâmica que presenciei e que encontrariam uma risada de desprezo em você. Toquei o esqueleto do cosmos muitas e muitas vezes, coletando as lascas que deixa cair na minha mão. É bom ter meu próprio cofre, mas me pergunto... do que adianta se você não consegue entender por que eu pego o que pego do mundo? Você acha que sou superficial, ou boba, ou no mínimo questionável por ver além do meu próprio ar, por chamar a energia de Deus, por enxergar mais potencial para a alma do que apodrecer em uma caixa. O que significa você rir dos meus motivos para viver?

Digo para a enfermeira que preciso ligar para minha prima mais velha, com quem já falei, e em vez disso te ligo. Sei que você não vai reconhecer o número nem atender até o último minuto; você recebe a estranheza como se vestisse o manto da morte. Estou certa.

"Alô?", resmunga.

A sonolência em sua voz me faz sorrir.

"Fui atropelada e estou sozinha no hospital", digo.

Sorrio ainda mais, não porque me diverte, mas porque estou tomando o seu lugar. O meu é demais para aguentar. Vitimismo demais para carregar.

Do meu diário:

2/8/2016

Liguei para ____ da emergência e foi estranhamente insatisfatório de um jeito que eu passei a esperar, mas não queria. Foi uma conversa Muito Nossa, em que falei que o inchaço era oblongo quando ele perguntou como era, ele riu porque minha família não estava aqui e eu ri com orgulho demais porque meus ossos são fortíssimos. Falamos de raios X, de como eu queria uma cópia do meu e de como ele tinha tirado um da mão, e ah, não, os médicos voltaram, tchau. Estou me sentindo horrível. Nunca achei que a pior coisa de ser atropelada fosse ninguém se importar.

É bom ouvir sua voz na salinha, mas cada resposta me entorpece. Não tenho o que fazer, mas escolho não analisar pedacinhos de fala. Você sempre diz que estou presa às palavras... hora de me soltar.

Eu te ligo de novo mais tarde. A rotina é a mesma. Você atende quando começo a ligar para minha melhor amiga.

"Conte uma história", digo. "Não tenho nada para fazer e minha família ainda não chegou."

Você não tem o que contar. Eu desligo e me arrasto de volta para o quarto, onde minha prima finalmente me encontra.

Por volta de uma da manhã, eu e ela estamos conversando sobre o que esperar quando os médicos vierem imobilizar meu tornozelo quebrado e eu olho pela janela que dá a volta no quarto.

"Cacete", deixo escapar.

Estou mais chocada do que quando o carro bateu com força no meu corpo. Você e sua família, da qual me aproximei, estão chegando. Sei que não é uma ilusão porque ainda não me deram fentanil. Todos vocês respondem à minha surpresa com sorrisos.

Estar com sua família foi a parte mais carinhosa do nosso não relacionamento (uma união sem nome, que se torna ainda mais marcante sempre que nos chamam de amigos). Independente dos espaços que cresceram entre nós, seus pais — em especial sua mãe — me ofereceram apoio desde que os conheci e contei da minha vida após a morte da minha mãe.

Vejo sua mãe e minha prima — que também é como uma mãe para mim — se conhecerem pela primeira vez e sinto que guardo o sol no meu peito. Você sorri para meu inchaço, depois para mim.

Mais do diário:

> Foi uma das experiências mais lindas, mais loucas e mais puras da minha vida inteira e ainda estou em choque.

Esqueci que um quarto de hospital podia ser tão cheio de calor e amor.

Você finalmente assiste a *Assassinos por natureza* depois que eu assisto ao seu filme preferido, *Akira*, duas vezes.

"Odiei", diz.

"Sério?!", pergunto.

"Não... só brincando. Amei."

Uns dias depois, estou em uma viagem da escola. Já é bem além do corte do amanhecer e continuo acordada na cama com minhas colegas de quarto, falando com você no telefone sobre os anéis de cobra que os personagens de Woody Harrelson e Juliette Lewis no filme trocam no casamento na estrada e nunca devem tirar. (Em uma cena, Mickey Knox, o personagem de Harrelson, surta quando nota que Mallory, a personagem de Lewis, tirou o anel. "Se o anel arrancar cada fio de cabelo da sua cabeça, continua aí. Se rasgar meus olhos, nunca sai daí. Tudo que fizermos de bom começa com isso." Ele cobre a mão dela com a mão dele que usa o anel.)

"Você sabe o que é avulsão anelar?"

"Não, mas imagino. O que é?"

"É o que acontece quando as pessoas não conseguem tirar um anel e aí rasga o dedo. Tenho medo de usar anel. Se não tivesse, compraria igual aos do filme."

Quando chego em casa, você me dá uma palavra nova para o livreto da CRIPTOFASIA: ouroboros (um símbolo circular na forma de uma cobra engolindo o próprio rabo, como representação de unidade e infinitude). Você constantemente encontra formas de, sem querer, regurgitar símbolos e associações que fiz a vida inteira em nossa união: cobras e seus nós, gêmeos, iconografia viva.

Já passou muito da meia-noite. É estranho, porque é uma das primeiras vezes em que tivemos uma conversa inteira e porque sempre foi uma parte confusa e reveladora do dia para mim. É tão íntimo que em geral fico sozinha.

"Estou ouvindo um dos meus discos preferidos", diz você.

"Como se chama?"

"*Loveless*. Da My Bloody Valentine."

Coloco para ouvir. A primeira faixa é "Only Shallow". No escuro, começo a chorar.

No dia seguinte, ainda penso naquele som inicial, que me atingiu na base do estômago e me atropelou por dentro. Quero saber do que se trata, se é o que sinto. Encontro um fórum discutindo a letra e vou passando, insatisfeita. Um comentário chama minha atenção: ele contrasta a violência da parte instrumental com a suavidade da voz, propondo que os instrumentos representam o "sexo pesado e sem sentido" com alguém pouco importante, enquanto o vocal é uma reflexão do amor superando o tesão, fazendo com que uma experiência física vá além da carne.[9] Faz sentido. No entanto, não estou pensando em sexo, mas em sentimentos, por isso o comentário seguinte faz ainda mais sentido: "parece que ele está falando de um relacionamento vazio. tipo, as pessoas estão apaixonadas mas não se amam de verdade (por isso a parte sobre ela não estar no espelho). sei lá. assim, o título É 'só superficial'."[10]

---

[9] Fonte: jblondin, http://songmeanings.com/songs/view/62059/?&specific_com-730149146-52 (2005).

[10] Fonte: jawamachines, http://songmeanings.com/songs/view/62059/?&specific_com-73-014892996 (2005).

Espero que isso não seja só superficial.

>
> Já fomos duas
>
> Duas em uma
>
> Não somos duas
>
> Na vida uma
>
> Descanse em paz.
>
> — *um poema de June Gibbons,*
> *na lápide da irmã gêmea*

MONSTRO
Por Florence Welch

Então você começa a pegar pedaços da sua vida

e um pouco egoísta

de outras vidas
e a alimentar a música com eles
A que custo
Esta criatura assombrosa
que se torna mais preciosa
do que as pessoas de quem roubou

Que horror

Fazer sacrifícios humanos:
uma conversa de madrugada
um pensamento particular
tudo disposto no altar,

mas não deixa de criar um monstro

A CIUMENTA
Como ser justa: com você e com os outros.
Por Amy Rose Spiegel

Todo mundo, em algum momento do amor, é ciumento. Apesar da enorme popularidade entre *apaixonaaados* ao longo da história, ciúme romântico pode ser confuso, no melhor dos casos, e DESTRUTIVO PARA O CORAÇÃO, no pior. Para começar este texto, no qual quero desmantelar a influência doida e incisiva do ciúme, listei, da forma mais completa que consegui, como esse tipo de possessividade se manifesta. A lista ficou assim:

- Ciúme romântico significa que amamos algo e queremos protegê-lo (e defendê-lo agressivamente).
- Não é exatamente *inveja*: não queremos ganhar o que o outro tem. Queremos manter nossa pessoa mais perto, mais junto. (O problema: mesmo quando amamos de forma recíproca e respeitosa, ninguém é inteiramente *nosso*.)
- Significa que pensamos no amor como uma propriedade pessoal que, se não for devidamente guardada e vigiada, pode ser tirada de você.
- É um tipo de vigilância muito doloroso.

- É induzido por coisas pequenas e maiores, inclusive por coisas que surpreenderiam a pessoa amada, se ela soubesse. (Até que você conte: ela não sabe.)
- Escondo o ciúme porque não quero magoar a outra pessoa, mas estou magoada.
- Ciúme é ao mesmo tempo mundano e ilógico, banal e insano.
- Tenho raiva do meu ciúme porque coloco a outra pessoa em uma posição de responsabilidade pelos *meus próprios* sentimentos de injustiça e traição, o que pode ser injusto.
- Tenho raiva de mim mesma quando sinto ciúme porque prende meu amor sobrenatural na Terra: prova que meu amor pode ser exposto às trivialidades e aos desafios do amor histórico/arquetípico como todos o conheceram. Prova que minha forma de amar não é única nem rara e, portanto, não é segura; se sinto ciúmes, significa que sou sem graça. (Se você se identifica especialmente com esse pensamento, receito o manual do coração semiótico *Fragmentos de um discurso amoroso*, de Roland Barthes, que mapeia a banalidade do ciúme com uma precisão orientadora.)

Lista sofrida, sei bem. Pelo menos é o que parece, sem lembrar o fato fundamental por trás de tudo isso: todos esses sentimentos são MUITO NORMAIS E INEVITÁVEIS. Você não é uma pessoa ruim ou fraca por pensar qualquer coisa que combine com a lista. Você ama a sua pessoa e ciúme romântico é uma consequência infeliz desse amor. O que mais importa é decidir como lidar com isso. (Na maior parte dos casos que não envolvem uma real traição, isso não deve incluir gritar, exigir acesso às senhas ou sugerir "colaborações" no diário alheio.)

Quando era mais novinha, eu me recusava a reconhecer que existia um botão "ciúme" nos meus sentimentos e que, ainda pior, estava muitas vezes ligado no meu cérebro. Eu acreditava, e ainda acredito, que ciúme é, em geral, um estado infrutífero, unilateral, atrofiado e de ódio próprio. Infelizmente, isso não me convence automaticamente de que meu ciúme romântico é só medo irracional. No entanto, notar que estou respondendo à vida toda normal de um parceiro com ciúme me ajuda a reconhecer como seguir em frente. Nem sempre posso evitar, mas *consigo* administrar e apaziguar.

Aos 13 anos, comecei a namorar o Andrew.[11] Quando o conheci no corredor da escola, no mesmo instante ficou claro que ficaríamos juntos (ficamos mesmo, pelos quatro anos seguintes, até acabar a escola): ele era inteligente, engraçado e carinhoso e tinha o ótimo gosto de curtir a trilha sonora de *Hora de voltar*, sendo que, como eu, não gostava do filme! Perfeito. Passávamos os dias juntos, dividindo os fones de ouvido do iPod dele (faz tantos anos... me imagine contando a história em uma voz rouca de vovó), trabalhando no jornal da escola, concorrendo para o grêmio e competindo no time de júri simulado. Conosco estava, também, uma garota que eu acabaria escornando, temendo e desprezando: Jane.[12]

Maldita Jane! Ela era uma amiga de infância de Andrew e — de uma forma que eu achava incriminatória — gostava das mes-

---

[11] Nome foi alterado.
[12] Nome foi alterado.

mas coisas que a gente, então estava sempre por perto. (*Como ousa??*) Mesmo que os interesses em comum que me atraíram para Andrew pudessem, logicamente, ter me feito querer ser amiga dela, eu via sua presença, e sua proximidade com Andrew, como uma ameaça. Os dois me deixavam louca sempre que conversavam. Nesses momentos, meu rosto virava uma máscara estranha de Dia das Bruxas: a fantasia clássica de "pessoa tentando parecer tranquila e *muito bem!!*, que em vez disso está fazendo uma careta meio sorridente com os olhos tão apertados que quase arrebenta um músculo".

Um dia, no júri simulado, Andrew comentou de forma carinhosa como era engraçado que, ao falar números de telefone, Jane sempre dizia *seis* em vez de *meia*, porque, insistia, "*meia* não é um número, *seis* é!". Cara, ele *amava* aquilo. Outra coisa que ele adorava era como ela pronunciava *galinha*, parecendo, dizia Andrew sorrindo, "que está falando *galínea*". (Esses são ótimos exemplos dos aspectos pequenos e pontuais das pessoas que só são ampliados no contexto de salas de colégio.) Não conseguia entender como esses traços demonstravam que ela era interessante, em vez de irritante; ao mesmo tempo, eu me ocupava na vingança de encontrar minhas próprias formas de enfatizar as sílabas. Deleitem-se com os poderes inebriantes do ciúme adolescente desenfreado, minhas queridas camaradas!

Para quem estava fazendo a conta: eu surtei e me senti rejeitada e ameaçada porque Andrew passivamente apreciava um detalhe de como outro ser humano pronunciava palavras. OK... além disso, notei ele olhando para o peito dela um dia. MAS ADIVINHA SÓ: isso também não é um problema. Relacionamentos comprometidos não desativam a atração por outras pessoas — nem a sua nem a do seu parceiro — e, desde que vocês respeitem os limites determinados do que é tranquilo nesse aspecto, não tem problema nenhum.

A não ser que você seja o meu eu adolescente ou alguém parecido! O meu ciúme da Jane abriu portas para um turbilhão de outras inseguranças: outras coisas que eu não era — comecei a analisar todas as falhas físicas e sexuais que identificava em mim sempre que transava com o Andrew — e que eu nem sabia que não era! Estava ME MATANDO. Mesmo assim, conversando com amigos, eu me recusava a acreditar que era ciumenta. Afinal, eu não estava dando ordens a respeito das pessoas com quem Andrew podia falar, nem brigando com ele. Ciúmes, na minha opinião, só eram forjados em palavras. Achei que *dizer* que eu não era ciumenta bastava para ser verdade, como um adesivo político me "absolvendo" da responsabilidade por qualquer ativismo real, só que no meu coração.

Depois de colar essa etiqueta com orgulho, comecei a agir como uma detetive triste e míope, espionando meu próprio relacionamento, procurando qualquer possível fissura e, quando não encontrava, inventando alguma. A gente conversava por mensagens o dia todo, todos os dias, e, se Andrew não me respondesse, eu achava que ele não gostava mais de mim. Ficava mal-humorada sem explicação alguma quando ele conversava socialmente com outras garotas, mesmo em grupos. Às vezes mexia no telefone dele enquanto ele dormia ou tomava banho, apesar de nunca encontrar nada. Eu mal conseguia ver televisão com ele, correndo o risco de uma modelo de anúncio de pasta de dente passar pela tela e acender minha insegurança.

Uma sensação particular de estranheza me tomava sempre que eu era meio bem-sucedida em fingir para mim mesma que não estava me metendo ou agindo de forma ciumenta, mesmo no meio do ato. Eu odiava demais sentir ciúme. Era horrível, eu me sentia burra. O ciúme nascia de caçar, lá fora, a tristeza confusa emanando de dentro, que eu também não conseguia nomear por medo de precisar lidar com ela. Muitas partes da minha vida mais jovem faziam com que eu me sentisse desvalorizada — eu achava que, por não ser perfeita, era inútil — e eu me recusava a me satisfazer com as provas de que alguém escolhia gostar de mim. Eu recompensava essa bondade ao questioná-la constantemente. Se estou em um certo humor, tendo a achar tudo errado. Se algo parecer bom, vou fazer uma biópsia esperando expor cada célula doente que pode infectar o todo.

Acho que essas ações muito éticas e racionais deixam claro que eu não gostava tanto do meu namorado, considerando que o tratava mal, nem gostava de mim mesma. Se meu próprio comportamento recente foi complicado, ou se não gosto de algo em mim no momento, tenho 12.000% mais chances de sentir ciúme romântico. (Claro que em alguns momentos ações alheias podem nos levar a esse sentimentos sem nossa participação ativa e é importante saber a diferença.) Isso é pouco generoso, tanto com meus parceiros quanto comigo.

Assim que me estabeleci como ciumenta sem admitir, qualquer comportamento ruim dos meus namorados passou a ser justificado (por eles) como minha própria neurose. Ao tentar esconder meu ciúme do Andrew, só consegui enfatizar sua prevalência e mesquinharia; antes não tínhamos problemas reais, mas depois tínhamos de sobra. É o que acontece quando tratamos alguém mal e o afastamos com desconfiança. Andrew, ao notar como eu ficava agitada se ele mencionasse que tinha saído com um grupo de amigos que incluía *uma garota, qualquer garota*, começou a esconder seus planos de mim — e a passar mais tempo com uma garota em especial, da qual ele ficou a fim. Rejeitar qualquer ciúme natural/leve me fez mal não só porque eu me sentia pior, porque não funcionava e porque às vezes era um tiro no pé mais profundo, mas também porque criou a base para eu nunca admitir que me sentia traída ou magoada quando era realmente maltratada.

O melhor para mim é pensar no problema por trás do "problema": o que está causando minha paranoia enquanto atualizo sem parar a aba de "Seguindo" do Instagram, procurando uma "traição" que não existe? (Repito: não seria traição se, de fato, a pessoa *tivesse* curtido uma foto das férias de outra garota.) O que espero descobrir sobre mim ou sobre a pessoa amada, ao fazer isso? Bisbilhotar *é* esperar descobrir algo; por mais ilógico que pareça, quanto mais doer, melhor. Significaria que estou certa quando não me acho bonita nem interessante? Seria meu amor-próprio tão frágil, tão facilmente destruído? Não precisa ser, mas lembrar dá algum trabalho.

Meu ciúme foi incentivado pela convicção sem graça de que a atenção de outra pessoa era tudo que eu tinha, ou poderia ter, a meu favor. Como vários outros sentimentos maldosos da vida, é possível aliviar o ciúme ao tornar imediatamente reais outras coisas mais produtivas sobre si. Ao focar em algo externo em vez de interno, o ciúme encolhe. A seguir, alguns passos para ajudar a reduzir o ciúme:

1. Se estiver na internet, saia. Isso inclui qualquer coisa no telefone.
2. Beba um copo d'água.
3. Escreva o que sente e, como disse minha amiga

Durga Chew-Bose no livro *Too Much and Not the Mood*, note que os sentimentos podem acabar com as palavras "...por enquanto", o que, para ela, sugere "a graça e a generosidade da compaixão". Por exemplo: "Sinto que meu ciúme ligado à forma como outra garota pronuncia a palavra 'galínea' significa que sou chata e sem graça, por enquanto." "Por enquanto" é uma promessa: você não sentirá isso para sempre. Existe o depois.

4. Pense nas aspirações e esperanças que tem para si mesma além da disponibilidade romântica ou sexual. Encha seu corpo inteiro com a ideia de que você é muito mais do que a coisa que está te incomodando agora, não "por enquanto", mas *para sempre*, e que vai durar mais do que essa crise temporária. Se estiver sentindo ciúmes por causa de algo que nem segue esses padrões, é útil se lembrar de que você não é assim.

5. Decida se quer contar para a pessoa como está se sentindo. Se o ciúme for baseado em ações dela, como esconder informação ou expressar outras atrações de forma aberta demais para você, e você quiser continuar com ela, a conversa é necessária. Por outro lado, se o ciúme viver nos seus próprios medos, você pode se sentir mais capaz de lidar sozinha no começo. Considere o que é mais útil e progressivo e aja de acordo.

Não me surpreende que esses sentimentos tenham se dissolvido quando decidi que estava determinada a não sentir tanto desprezo e frustração pelo resto da minha vida. (Não tinha funcionado tão bem, afinal.) Passei a escrever consistentemente; eu me vestia e me arrumava como queria, em vez de como achava que precisava para me comparar às Janes que me preocupavam; eu amava política (e a odiava ainda mais) e agi de acordo. Fiz amigos. Depois de terminar com Andrew, namorei um monte de pessoas muito diferentes, o que também reforçou a noção de que não há uma única forma correta de ser romanticamente ou sexualmente atraente. Não há um ideal. Só eu, gostando de alguém, e vice-versa. *Pode ser bom.*

Se você estiver se sentindo menor do que quer ser e do que outros querem namorar: sinto muito pelo que tenha feito você se sentir assim, mas você não precisa continuar. Além disso: via de regra, não leia o diário de ninguém. Vai ficar tudo bem!

DA FAÍSCA À FOGUEIRA
A atriz icônica escreve sobre onde vive o amor.
Por Marlo Thomas

Definir amor é uma tarefa impossível, porque amor é um sentimento e sentimentos desafiam palavras.

Lembro de uma cena maravilhosa na peça *Filhos do silêncio*, de Mark Medoff, em que James, professor em uma escola para surdos, tenta descrever música para seu novo aluno, falando ao mesmo tempo em palavras e na língua de sinais, como se conduzindo uma orquestra invisível.

"Sabe, música é...", James hesita.

"A música tem...", tenta de novo.

Por fim, ele respira fundo e desta vez, ao falar, suas mãos explodem em movimento e ele pula de um lado para o outro do palco, como se fosse maestro de uma orquestra invisível.

"A música começa com tons. Sons! Agudos e graves. Cada um tem sua própria vida emocional. Podemos tocar em instrumentos diferentes... trombones, violinos, flautas e tambores. Quando os combinamos e tocamos juntos... Transcende o simples som e fala diretamente com o coração."

É assim que me sinto sobre o amor. A definição nos foge, mesmo quando fala fluentemente com a parte mais profunda do coração.

Um dos grandes mitos da vida, acredito, é que para sentir amor — para ser feliz — precisamos nos concentrar nas coisas que queremos e buscá-las com tudo. O trabalho perfeito. A casa de praia. Fama e fortuna.

No entanto, o que aprendi ao longo dos anos é que o amor não vive nisso. Vive em quem somos, em quem escolhemos para compartilhar nosso tempo e nossa vida e na forma como damos nosso amor.

É como regar plantas. Se cuidamos de uma planta com atenção e carinho, veremos folhas crescerem lentamente e flores nascerem.

É a própria essência do amor: recebemos ao dá-lo.

O amor também se encontra na busca — e no encontro — pelos laços que nos conectam com a comunidade. Aos 16 anos, fui de porta em porta em Los Angeles com um abaixo-assinado pelo controle do porte de armas. Era um tema que achava muito importante — ainda acho — e, ao acabar, carregava nas mãos uma pilha enorme de folhas assinadas. Nunca esquecerei a sensação profunda de pertencimento desse momento. Não tinha nada a ver com as "coisas" que queria da vida na época: as fantasias de um dia ser atriz, ou tirar notas boas na escola, ou encontrar o namorado perfeito. Era questão de fazer algo que eu acreditava ser certo, o que me tocou de forma profunda e inteiramente inesperada.

Acredito que é este o caminho mais garantido para o amor: buscar pela faísca interna que ilumina os recantos da alma e torná-la uma fogueira.

Com sorte, encontramos amor no trabalho. Tive muita sorte nesse aspecto. Amo meu trabalho como atriz e é um sentimento que esteve comigo a vida toda. Desde pequena amava atuar e fazia peças em casa. No meu quarto tinha um armário com uma porta larga de deslizar. Eu entrava no armário, fechava a porta e minha irmã anunciava: "Senhoras e senhores, a senhorita Margaret Thomas!" Ela abria a porta e eu saía cantando.

Coisa de criança, claro, mas aquela sensação de amar o que fazia, em frente à minha família que sorria e aplaudia, continuou comigo desde então.

Por isso, continuei a me apresentar na escola e na faculdade e, quando passei a atuar profissionalmente, descobri cada vez mais que a maior recompensa não era a empolgação de ver meu nome na marquise, nem de receber uma boa resenha no jornal (apesar de serem boas sensações!), mas sim saber que construí minha vida com base em algo que amava.

Isso me inspirou a me dedicar ainda mais. Atuar é um ofício, por isso procurei os mestres: Lee Strasberg, Sandra Seacat e Uta Hagen. A lição mais importante que eles me ensinaram foi como viver honestamente no palco ou em frente à câmera. Atuar não se trata de ler as falas de um personagem, mas de entender seu coração, sua dor e sua alegria. Em cada papel que interpretamos, revelamos mais uma parte de nós para nós mesmos. É sempre uma aventura emocionante.

"É fazer, não pensar", dizia Lee. Fazer é o que amo. Sempre que entro em um teatro, duas horas antes das cortinas se abrirem, e olho para os lugares vazios da plateia, sabendo que logo estarão ocupados por pessoas que vieram ouvir nossa história, me sinto mais do que sortuda. Sinto que estou onde pertenço. Estou em casa.

Claro que meu trabalho divide o espaço no meu coração com muitas outras coisas que amo: inspirar jovens a seguirem seus sonhos; apoiar o Hospital de Pesquisa Pediátrica St. Jude, que meu pai fundou; dividir a vida com meu marido, que define e redefine o amor de novas formas todo dia.

Como James, continuo a escutar a música do amor e a celebrá-la. É uma jornada que desejo para todos.

Contado para Lena Singer

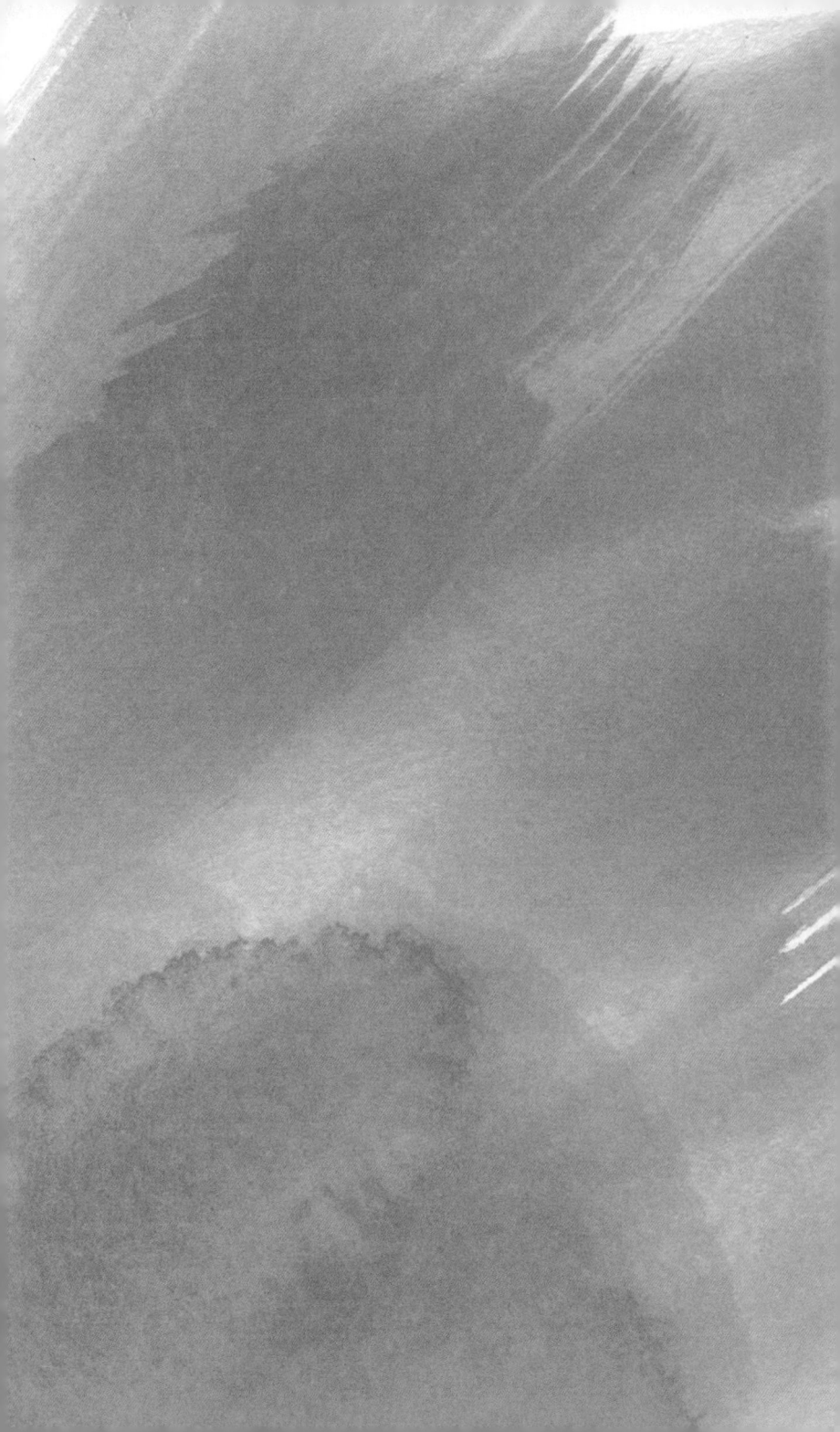

NA VIDA REAL

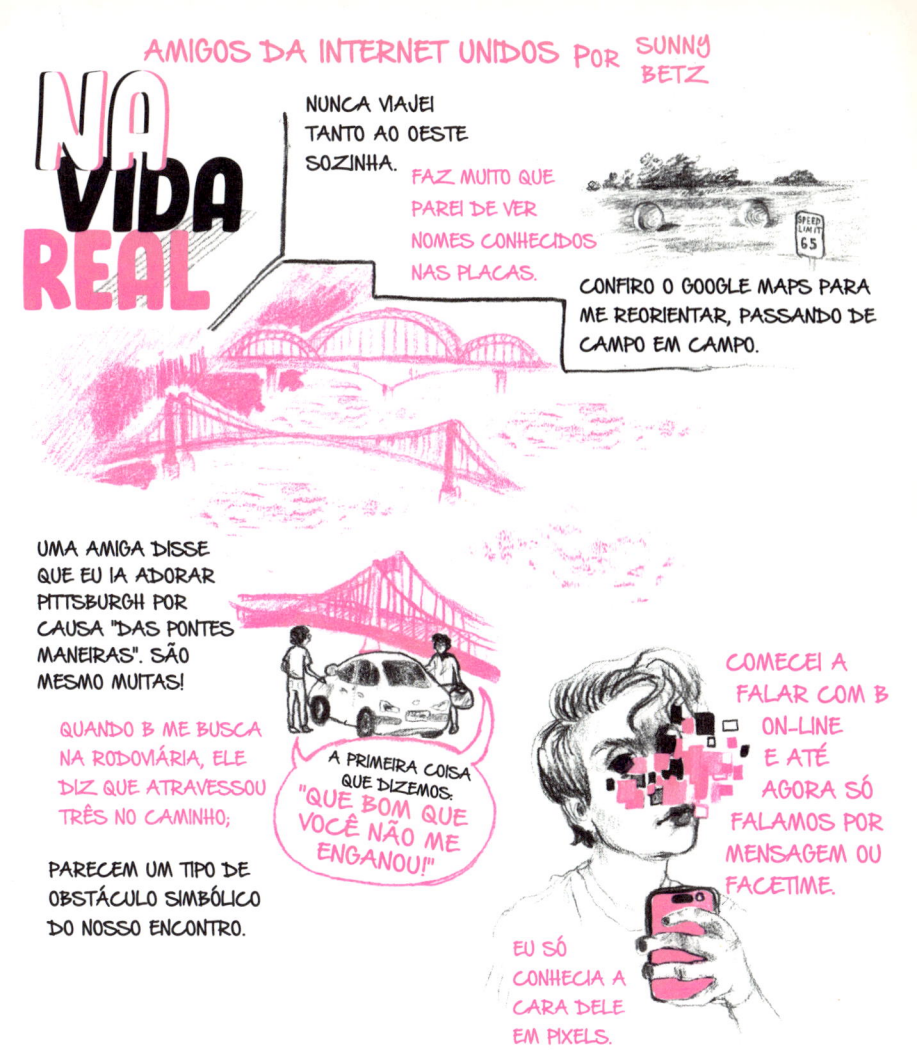

AMIGOS DA INTERNET UNIDOS POR SUNNY BETZ

NUNCA VIAJEI TANTO AO OESTE SOZINHA.

FAZ MUITO QUE PAREI DE VER NOMES CONHECIDOS NAS PLACAS.

CONFIRO O GOOGLE MAPS PARA ME REORIENTAR, PASSANDO DE CAMPO EM CAMPO.

UMA AMIGA DISSE QUE EU IA ADORAR PITTSBURGH POR CAUSA "DAS PONTES MANEIRAS". SÃO MESMO MUITAS!

QUANDO B ME BUSCA NA RODOVIÁRIA, ELE DIZ QUE ATRAVESSOU TRÊS NO CAMINHO;

PARECEM UM TIPO DE OBSTÁCULO SIMBÓLICO DO NOSSO ENCONTRO.

A PRIMEIRA COISA QUE DIZEMOS: "QUE BOM QUE VOCÊ NÃO ME ENGANOU!"

COMECEI A FALAR COM B ON-LINE E ATÉ AGORA SÓ FALAMOS POR MENSAGEM OU FACETIME.

EU SÓ CONHECIA A CARA DELE EM PIXELS.

DEPOIS DE UNS MESES, QUANDO DESCOBRIMOS QUE NOSSA BANDA FAVORITA IA FAZER TURNÊ, TOMAMOS UMA DECISÃO:

Íamos nos encontrar.

DIA UM

NOSSO QUARTO DE HOTEL SÓ TEM UMA CAMA E NENHUM SABONETE.

DIVIDIMOS A CAMA.

Normalmente não gosto de dividir a cama. TENHO MEDO DE RONCAR OU CHUTAR DORMINDO...

NÃO ME SINTO ASSIM COM B.

O que você quer ver?

ANTES DE NOS ENCONTRARMOS, ESTAVA COM MEDO DE NÃO PASSARMOS PELA ESTRANHEZA INICIAL, MAS NEM PRECISAMOS QUEBRAR O GELO.

...Newman...

Meu Deus...

SENTAMOS NA CAMA E VEMOS SEINFELD COMO SE FIZÉSSEMOS ISSO SEMPRE.

ELE ME EMPRESTA UM PREGADOR DE BORBOLETA.

SÓ DEPOIS DE COLOCAR EU NOTO...

EU

B

COMO SOMOS PARECIDOS.

Somos exatamente a mesma pessoa...

Não dizem que gente queer namora gente igual?

Meu Deus, cala a boca!

Além das aparências, somos mesmo parecidos. Temos experiências familiares semelhantes e o mesmo senso de humor e gosto para presentes.

OBRIGADO

Passamos o dia andando pela cidade, terminando as frases um do outro e nos comunicando pelo olhar.

Compramos sabonete líquido na farmácia.

DIA DOIS

Saímos para tomar café.

Uma diz **Tom Cruise** e a outra **Rosamund Pike**.

- Cacete! Sei que filme gravaram aqui!
- Vi com minha avó, era uma merda!
- Nunca vi um filme com os dois juntos.
- HA!

Escolhemos um canto e notamos que os assentos têm placas.

O garçom erra nossos gêneros.

Não acho grave, mas B parece desconfortável e acho que foi incômodo.

Não sei por quê, mas sempre acho mais fácil quando é um desconhecido.

Dia três: é o dia do show!

Ficamos bem na frente e damos as mãos quando tocam uma música que gostamos muito.

DEPOIS DO SHOW:

- Não acredito como foi bom...
- Meu Deus, eu sei! Quando aquela criança subiu no palco?

Com B, me sinto confortável como não esperaria tão longe de casa.

Sei que nossa amizade só vai crescer daqui.

COMENTÁRIO SOBRE SEGURANÇA: SE DECIDIR ENCONTRAR UMA PESSOA NOVA, PRIORIZE SUA SEGURANÇA, AVISE PARA AMIGOS OU PARENTES ONDE E COMO ENTRAR EM CONTATO E TENHA UM PLANO CERTEIRO PARA IR EMBORA SE FOR NECESSÁRIO.

MARCAR O ENCONTRO EM PÚBLICO É MELHOR. EU JÁ ERA MAIOR DE IDADE QUANDO CONHECI B E AVISEI PARA AMIGOS E PARENTES ONDE ESTAVA E COMO ENTRAR EM CONTATO. TAMBÉM PASSEI O CONTATO DO HOTEL E DE B. TINHA UM PLANO PARA IR EMBORA ANTES SE PRECISASSE.

O PODER DE QUESTIONAR
A cantora e compositora escreve sobre superar insegurança.
Por Alessia Cara

"Como posso aprender a me amar?"

É uma pergunta justa e importante! Como uma defensora do amor-próprio, *quero* compartilhar alguma revelação sábia e transformadora. No entanto, passei tempo demais encarando a tela do computador, tentando encontrar uma forma profunda de dizer algo que... espere só... honestamente... espere... na verdade não sei!

Veja só. Não posso criar um guia de autoconfiança total porque ainda não me guiei completamente para esse objetivo. Pois é, senhoras e senhores. Meu nome é Alessia, tenho 20[13] anos, canto músicas sobre amor-próprio e de vez em quando não gosto nem um pouco de mim.

Claro, já avancei muito. Agora tenho muito orgulho de quem sou e, ao mesmo tempo, muita consciência de quem não sou. Mesmo assim, às vezes preciso me afastar da autodepreciação.

A verdade é que todos temos problemas e, infelizmente, muitas vezes encontramos expectativas irrealistas por cima das empoderadoras. Por isso, podemos receber elogios, ler artigos sobre

---

[13] Em 2019, Alessia Cara já tem 23 anos. (N. da E.)

autoestima ou escutar uma música de uma garota que diz que somos lindas um milhão de vezes *cof-cof* e ficarmos ótimas. Aí, no segundo em que vemos alguém que achamos mais bonita, nos sentimos desconfortáveis em um grupo ou nos olhamos no espelho tempo demais, é difícil não tropeçar em um poço de insegurança e vergonha.

Nunca entendi esse lado dos humanos. Por que nossa percepção de coisas bonitas desbota tão depressa, enquanto as coisas dolorosas ficam pintadas na nossa psique e nos atormentam até voltarmos à estaca zero? Outra questão enorme, para a qual também não tenho resposta. Não pare de ler! Prometo que chegarei a algum lugar.

Vamos começar por aqui: a chave é fazer perguntas. É o que nos leva a conclusões internas. Em outras palavras, entender que as coisas não fazem sentido às vezes é o primeiro passo para que elas façam sentido interno.

Vou dar um exemplo.

Sempre perguntei "Por que as pessoas se preocupam tanto com aparência?" ou "Por que a personalidade é colocada em segundo plano e padrões superficiais, em primeiro?". Sempre recebi a mesma resposta: "É só assim mesmo."

Sou teimosa, então não me bastava. Por isso, fazia mais perguntas, que continuo a fazer hoje.

"Quem criou essas regras?"

"Por que é só assim mesmo?"

"Como minha aparência ou as expectativas alheias afetam minhas capacidades?"

"Por que eu devo escutar?"

Nunca aceitei "É só assim mesmo" como resposta, nem nunca aceitarei. Alguns dizem que só questiono por questionar, ou que não consigo engolir a realidade de ser uma mulher jovem. Só que eu encontro o empoderamento pela minha habilidade de questionar. Quanto mais depressa eu me torno consciente da falta de razão de certas expectativas, mais depressa eu noto que elas não importam. Continuarei fazendo essas perguntas até receber uma boa explicação, e a falta de respostas prova o que já sei: não existe uma boa explicação, nunca existirá.

A verdade é que esses padrões impossíveis não são regras reais, só os pontos de vista ignorantes de pessoas de mente fechada. Opiniões alheias refletem um aspecto microscópico de quem somos, e somos muito mais poderosas e capazes do que elas podem imaginar — ou do que nós mesmas imaginamos às vezes. Não sei se amor-próprio incondicional é atingível. Se for, admito que ainda não cheguei lá, mas não preciso chegar. Tudo bem se sentir insegura e se questionar às vezes. Acredite ou não, é parte do crescimento humano.

Saber que as regras para "se encaixar" não são reais é o primeiro passo para quebrá-las. Quem disse que TODOS os lados da minha beleza interior não podem ser aceitos? Por que eu devo ceder? Como meu corpo define a mulher/pessoa que sou? São perguntas que faço constantemente quando preciso de uma dose de poder, porque, para mim, o poder da resposta vive na coragem da pergunta.

Então, pessoa querida que lê isto, da próxima vez que se sentir caindo naquele espaço escuro de novo, responda à pergunta com outra.

Por que devo me amar?
A resposta é simples.
Por que não?

AMOR E PARTIDAS ASSOCIADAS
Nem sempre podemos guardar as pessoas.
Por Akwaeke Emezi

Aos 15 anos, quando eu estudava em uma escola particular em Aba, na Nigéria, meu professor de cálculo me ensinou a me resguardar. Ele se chamava Sr. Alpha e era um professor rígido mas fenomenal, do tipo que eu ficava devastada por decepcionar. Minha melhor amiga e eu sempre nos sentávamos na primeira fileira nessa aula. Éramos inseparáveis: tínhamos sido melhores amigas a vida inteira, morávamos na mesma rua e íamos e voltávamos da escola juntas todo dia, desde pequenas. Um dia, ela precisou ficar em casa, então me sentei sozinha na primeira fila, apoiando o queixo na mão. Meu humor era uma nuvem ao meu redor, cinza-chumbo amargo, um ressentimento barulhento, que se espalhava pelo ar da turma.

No meio da aula, o Sr. Alpha interrompeu uma frase para olhar para mim.

"É porque sua amiga não veio?", perguntou, exasperado.

Levei um susto e, enquanto ele se aproximava, eu tinha certeza de que levaria uma bronca na frente de todo mundo. No entanto, quando o Sr. Alpha chegou mais perto e viu meu rosto, sua expressão se suavizou, mostrando uma bondade inesperada.

"Você nunca pode se dar 100% para outra pessoa", disse, sem abaixar o tom de voz, para o resto da turma ouvir e aprender. "Não adianta. Se ela for embora, o que acontece com você?"

Já faz quinze anos desde essa aula e eu ainda penso: "Que ótima pergunta." O que acontece com você quando ela for embora? Você anda incompleta, com um espaço vazio balançando por dentro, ecoando tão alto que se pergunta como os outros não ouvem? Você o preenche com coisas mais barulhentas, como tequila, vinho, maconha ou o braço de um desconhecido cobrindo sua barriga? Ou talvez, como eu, você feche as muralhas e finja que o espaço nunca esteve cheio, que nem existe mais. Quando deixei minha melhor amiga para fazer faculdade nos Estados Unidos, decidi que investiria toda minha energia em evitar a perda. Era brutal demais, fazia sentido de menos. Eu tinha 16 anos e, de alguma forma, acabei acreditando que a única garantia contra ser abandonada era alguém me amar tanto que não *poderia* partir, tanto que o próprio ato de me perder a devastaria, a tornaria quebrada e inútil. Eu estaria segura porque a única segurança dessa pessoa seria ficar comigo. Em retrospecto, parece mais um sequestro, mas era o que eu via como amor.

Depois da faculdade, eu me casei com um homem que acreditava que sua vida ideal só era possível comigo: eu era a chave, a porta, a fuga. Como prova, ele já tinha abandonado outra vida pela que via comigo. Estávamos em Nova York e eu tinha 22 anos. Quando terminamos, quando eu o vi desmoronar, minha certeza de que ele me amava se manteve firme. Fiquei devastada, claro, mas ainda funcionava; o Sr. Alpha tinha ensinado bem. Eu me tornara resguardada no oferecer, mas gulosa no receber; obcecada por ser amada, mas despreocupada com aprender a amar direito. Em vez disso, eu oferecia intensidade e paixão; eu queimava o ar ao meu redor e disfarçava minhas intenções em um encanto que distraía.

Durante o processo de divórcio, namorei uma mulher que tentou terminar comigo no restaurante onde eu trabalhava. Naquele dia, assim que acabou meu turno, fui ao apartamento dela e toquei "Take a Chance on Me", do ABBA, pela caixa de som do celular. Queria guardá-la, mesmo que não fosse dar o que ela queria. Eu não ligava. Ela não podia me deixar. Sorri aliviada quando ela me chamou de cafona, porque sabia que significava que ela ficaria. Quando me senti pronta, terminei com ela e me apaixonei por outra mulher. Quando esta tentou me deixar, depois de brigas, das mãos dela no meu pescoço, do meu copo de suco de laranja voando ao lado da cabeça dela e se estilhaçando na parede, dos gritos, do choro e da porta do banheiro trancada, eu me cortei para obrigá-la a ficar. Ninguém me deixa.

A próxima pessoa por quem me apaixonei era marido e pai de outras pessoas. Eu me joguei de uma cadeira na casa dele, gritando e chorando porque ele ameaçou me deixar, me debatendo a seus pés. Ele assistiu, satisfeito. Para quem tem um lado cruel, há um certo prazer em saber que é amado mais do que ama. É uma sensação de poder. A pessoa muda em nossa mente. O cheiro é outro, se torna suave, fraco. A pessoa se torna algo a ser caçado, ignorado, atacado ou retorcido pela pura diversão de ver quanto tempo leva para quebrar.

No meu apartamento, ele entrou no banheiro apertado, onde eu estava em frente à pia.

"Você é doente", disse ele, mas gentilmente, porque queria que eu acreditasse também. "Tem alguma coisa errada com você."

Depois, a voz dele no telefone enquanto eu soluçava, hiperventilando:

"Vai se matar."

Ainda assim, eu chorando no chão da casa dele, implorando para não perdê-lo. Ninguém me deixa. Meses depois, quando o deixei, ele socou o painel da camionete, socou e socou, no caminho para minha casa, enquanto seu filho pequeno estava deitado ao meu lado no banco. Eu assisti, satisfeita.

Às vezes, eu não sabia diferenciar como me sentia e o que queria que acreditassem que eu sentia, porque mentiras funcionam melhor se também acreditamos. Tentei me tornar tudo que podiam querer, só para precisarem de mim: um sonho personalizado, uma armadilha específica. Conheci homens que confundiam isso com maleabilidade, o que os deixava confortáveis. Eles sentiam que eu nunca partiria, que eu precisava deles; que o amor que eu sentia me tornava fraca, um objeto garantido e covarde. É um erro comum: achar que, só porque alguém não quer que você parta, não está se preparando para partir.

Usamos o amor de formas tão previsíveis, tentando usá-lo para prender as pessoas, querendo sofrimento como prova. Se alguém pode partir sem se destruir, achamos que o amor não era sincero. Parece impossível que alguém possa nos amar e, ainda assim, se afastar. É para ficar. É para não conseguir viver sem a outra pessoa. Mesmo em amizades, abandonar alguém que ama é visto como um ato hostil. É para dar certo.

Eu fiz isso: passei horas tentando consertar, esperei semanas por uma amiga por quem me apaixonei se preocupar com o risco da relação, defendi minha humanidade para alguém que amava e não enxergava seu privilégio; mas, às vezes, notamos que o que estamos tentando mudar é a outra pessoa e é então que, independente do amor, provavelmente devemos parar. Naquele momento, devemos avaliar. Podemos aceitar esse aspecto, aquilo que foi dito ou feito sem remorso, ou recusar e partir. Algumas pessoas escolhem ficar, brigar para que a outra pessoa veja o problema, para que se preocupe o suficiente para consertar. Não acredito nisso, principalmente porque não vou lutar para que a validade da minha dor seja reconhecida por alguém que deve se preocupar comigo. Nunca mais. Hoje em dia, só vou embora. Uma escolha antiga e conhecida, sim, mas agora é diferente. Tem outro gesto, outro toque, outro gosto.

Antes, quando eu era mais jovem e solta, eu partia porque era egoísta e tinha guardado aquela pessoa por mais tempo do que devia, ou porque era maltratada e partir era uma retaliação programada. Os anos passaram e as perdas continuaram, quer eu planejasse ou não, e o vazio balançava em mim, até eu cansar. Parei de me importar com as pessoas partindo porque notei que tudo está suscetível a terminar. Não podemos controlar. Podemos nos contorcer em posições inimagináveis, podemos espernear, chorar e implorar, podemos amar com tanta força que fedemos a desespero, mas não muda nada. Não muda nada. A rejeição ainda acontece e, depois de um tempo, até manipular parece inútil. Sempre fui a manipuladora ou a vítima e até, incrivelmente, as duas ao mesmo tempo, mas cansei. Comecei a desejar amor seguro, sem que ninguém precisasse sofrer porque seríamos sempre carinhosos e cuidadosos, sem mágoas maliciosas, só acidentais, com tranquilidade (entre amantes ou amigos), porque, para ser bem sincera, o resto do mundo já é cruel o suficiente para a vida inteira.

Quando os amores que encontro não se encaixam nesse critério, eu parto. Dói, claro, mas não quero um amor que me deixa triste. Nunca mais. Por isso, deixo pessoas que amo, mesmo que me torne a vilã em suas histórias: a que errou e fracassou, que jogou a amizade no lixo sem nem dar uma chance, que não ligou.

Nossos critérios para o amor são muito subjetivos. Às vezes, quero falar com pessoas que deixei e explicar que não parti com raiva, que se fosse mesmo a vilã eu o faria bem e sem remorso, como já fiz antes, e que nunca precisaria esconder. Gostava disso demais. Além disso, que não é o mesmo caso, que dessa vez não quis partir, mas precisei, que não sinto muito, que eu as amo, as amo, ainda as amo.

Não voltei para aquela sala de aula em Aba desde a formatura, mas ainda vejo o Sr. Alpha de calça cáqui, sorrindo com sabedoria. Ainda sinto sua lição no fundo do peito. Cresceu bem, assim como eu, e me lembra que não posso controlar ninguém, nem suas histórias. Sou a única pessoa que pertence a mim. Mais ninguém. Podem partir. Podem ficar. Pertencem a si mesmas. O significado do amor, afinal, é que a cada dia podemos escolher.

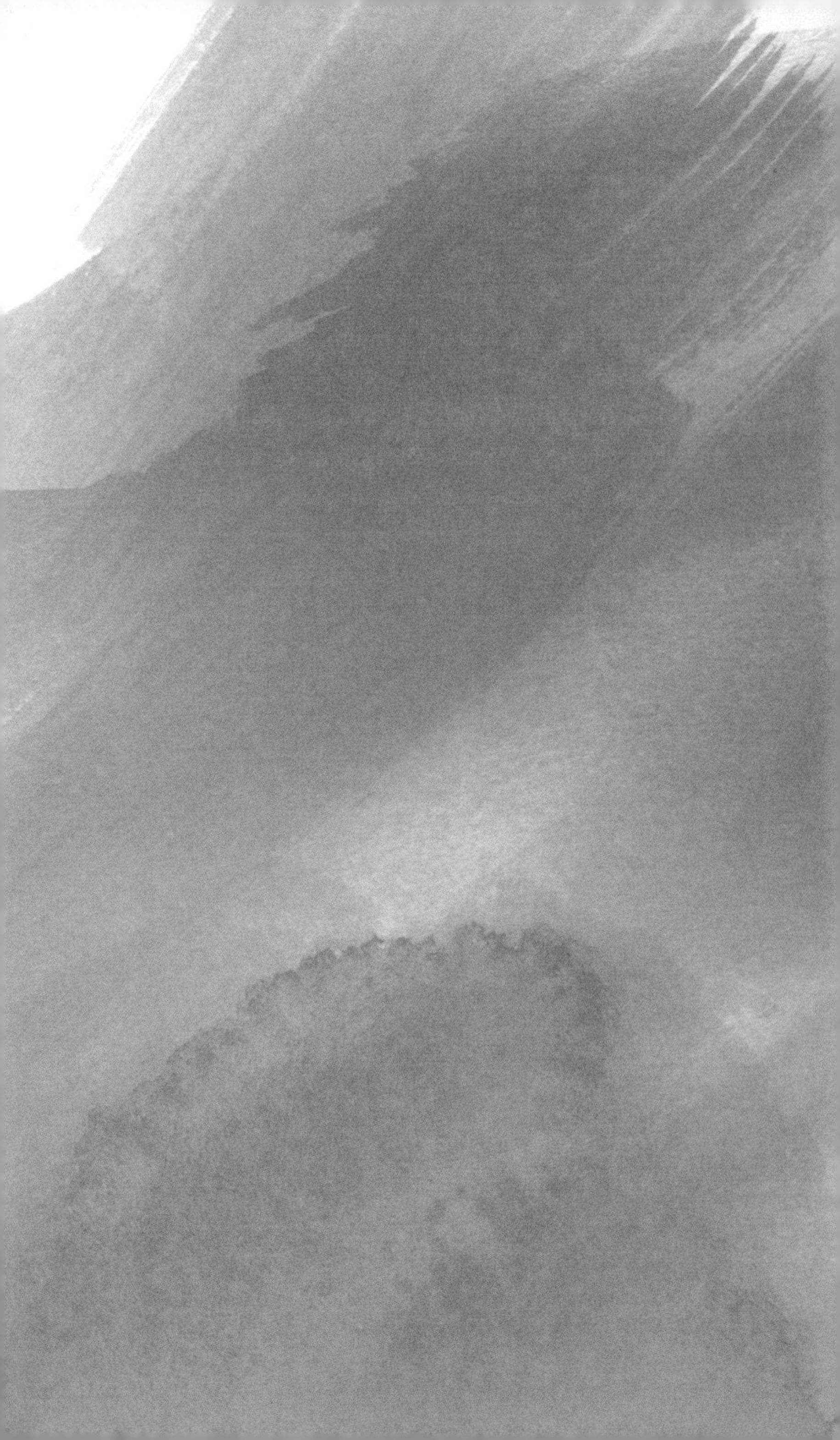

ASTAGHFIRULLAH[14]: UM BEIJO ANTES DE MORRER

Por Bassey Ikpi

você me inutiliza nesta parte da manhã
mais do que o peso da perna esquerda
cobrindo a direita com pressão
mais do que os ombros musculosos
tatuados de suor
e do perfume de ontem
ou cachos enroscados no punho
presos nos lençóis
esfriando da umidade

quero lutar e rolar de volta na parte
que é minha
mas meu último amante era um homem tão leve
que esmagou meu pulmões com indiferença
ainda não aprendi a expirar direito

você é feito de feixes grossos de ar abafado

---

[14] Eu peço o perdão de Allah.

e quando o silêncio e as sombras
atingem seu rosto
se parece mais com ele do que eu quero me responsabilizar
ainda assim, seu peso é bem-vindo
a arrogância obscena de sua masculinidade
voz de baixo e jazz

rimos de coisas de adulto
evitamos tanto a verdade
que esquecemos que existe
astaghfirullah

te recebo em um verso
capturado e inacabado
lido em tempo emprestado

equilíbrio delicado de segredos e cornetas
quero espreguiçar o ângulo talhado em vidro
e face
ouro e osso
assa a face de fios de aço
boca rúbea torcida
convidando
esta canção de amor lamentável

este brooklyn impossível
este caso do lado errado
estes seixos e cascalhos
este desejo de que você
ande sob o peso inchado
que te implora

deixe-me sussurrar este desejo na última estrela da manhã:
me beije como se estivéssemos morrendo
como viajantes no tempo procurando lar
sob línguas enlaçadas e dentes rangendo
não, me beije como se eu estivesse morrendo
me deixe me alimentar da carne desse lábio
você, com a boca de fruta madura

estabilize este tratado entre
pulmão e coração
a guerra está no desejo
no
silêncio
não manchemos com questões
de fidelidade
de amor

aceite assim
salpicado
crosta e argamassa
tesão e raiva
me coma como uma canção de amor inapropriada
nua com o fantasma da sua juventude rejeitada
a primeira encorajou lascas quebradas de coração
a segunda os deu para o próximo amante comer
e você assistiu
a última ergueu um espelho
que reflete seu pai
você a ama tanto; cheira a ódio bem-construído

e aqui estou
lutando contra o nada que criamos
já duas vezes
mais duas antes do sol voltar para casa
antes de eu voltar para casa

então, por um momento, o relógio na janela
dirá 4h58
o céu arrebentará
despejando manhã nesta quadra sagrada
sussurro
5h00 é quando deve acabar
role em busca da noite na escuridão do quarto
deixe seu peso mudar
libertando os cachos serpentinos da prisão da última hora

convide o peso
volte ao tremor na ponta dos dedos
servindo mais um sacrifício sagrado
salah de manhã
mais uma reza honesta antes de deus acordar
uma oferenda
uma compreensão
algo como
mais um aleluia venerado e
delicado
antes do sol

Astaghfirullah

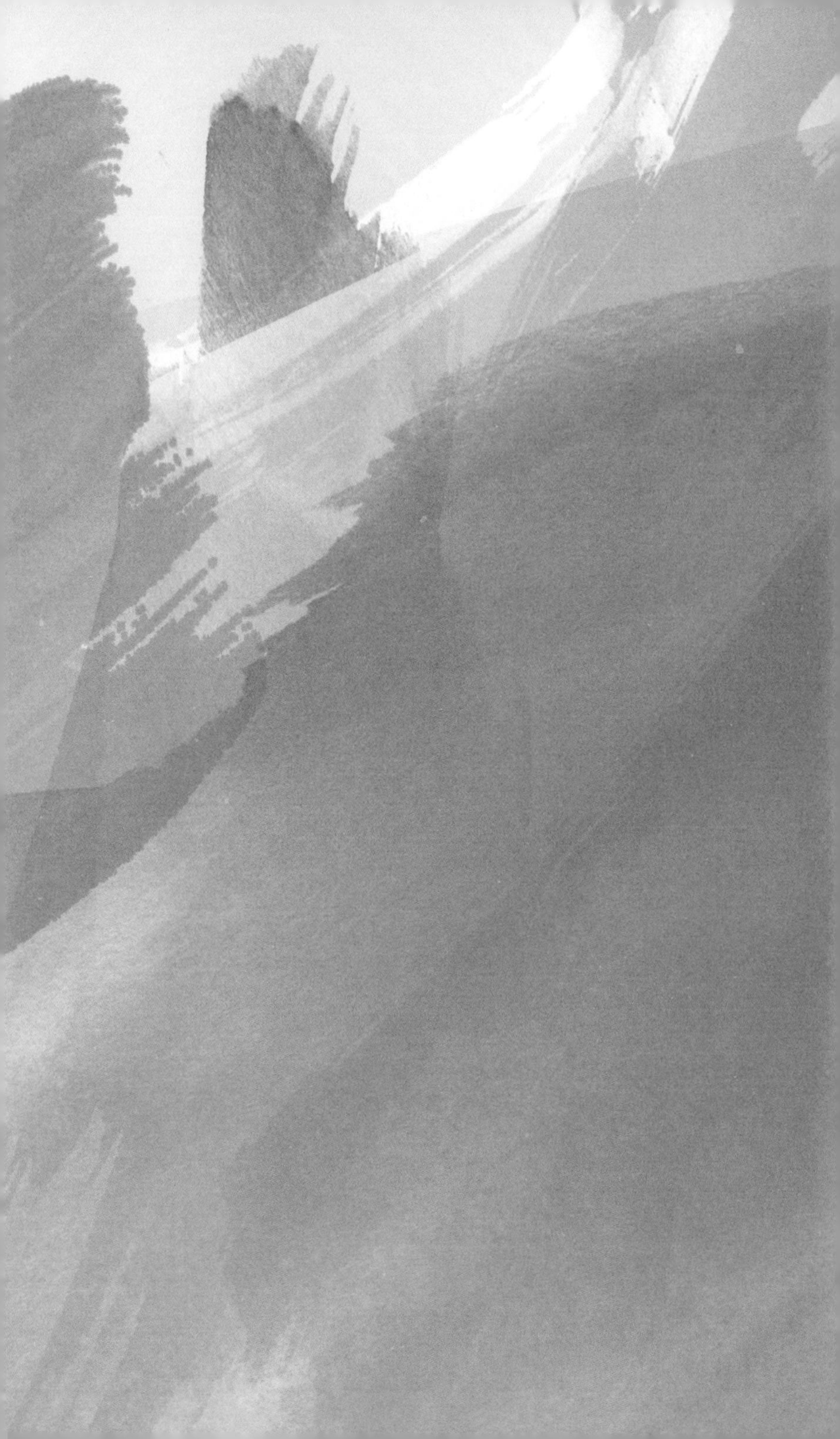

COWBOY SOLITÁRIO
Encontrar a dimensão em pequenos gestos.
Por Hilton Als

O que parece dado de bom grado muitas vezes não o é. É raro receber a dádiva do amor, por exemplo, de alguém que não deseja ser elogiado pela generosidade de oferecê-la; altruísmo costuma ser um sonho. No entanto, há aqueles que conectam por meio da verdade do amor, da sua força irrefutável, e estabelecem um vínculo mútuo preso na realidade, não no teatro do "eu" de quem oferta. É estranho, mas não diria que, no nosso universo de corpos trabalhados e mentes trabalhadas, ser receptivo é visto como "fraco", um receptáculo vazio para o amor e os sonhos de outrem? Por isso, em vez de aceitar a generosidade inerente em ser capaz de aceitar amor, os receptores entre nós se punem, adotando comportamentos estereotipicamente "carentes", distorcendo seus instintos para parecerem "ativos", para satisfazer a opinião do público do que significa ser aberto. Em vez de dizer "Ah! Que saudades! Quero *você* pelo tempo que puder", o receptor interpretando para o público diz "Você deve me ver agora!", o que, é claro, tem o efeito oposto ao desejado.

Como podemos reverter a negatividade que cerca ser receptivo ao amor, aos sonhos de outrem? O que devemos fazer com esse espaço? Encarar o fundo? Encher de flores? Gritar para os menos receptivos que não há nada de errado com *dizer* o que queremos, incluindo amor? Não sei. Só não me chame até estar pronto para receber e eu estar pronto para dar. Vemos flores crescendo ao redor da boca de Montgomery Clift ao final da obra-prima em preto e branco *Um lugar ao sol* (1951). As flores crescem no solo de sua receptividade, sua abertura para a cena, para a atmosfera. Em todos os aspectos de seu trabalho, Clift foi, em minha mente e meu olhar, o melhor ator de cinema já produzido nos Estados Unidos, em grande parte porque ele trocou a atuação para fora pela atuação para dentro. Ele encarnava receptividade. Apesar de muitos acharem que Marlon Brando foi o Melhor, Clift não se apoiava no que Brando nunca deixou para trás: o palco convencional e as mecânicas previsíveis da teatralidade. No entanto, Brando sabia o suficiente sobre a psicologia humana para entender que floresce no conhecido e que a sensualidade depende da declaração direta: o público não quer procurar por ela, já que passam tanto tempo em casa procurando pela própria. Brando era um mestre do espetáculo e também sabia bem que o ator — a imaginação ambulante — aumenta seu poder sobre o público se puder convencê-lo deste fato imaginado: ele quebrará a quarta parede (ou tela) e o tomará. Não é isso que todos querem, no fim — serem tomados? Clift, uma personalidade muito mais resguardada e um artista muito mais controlado, não conseguia ser bombástico, e seu hábito constante de reduzir durante uma cena — gestos com as mãos que iam diminuindo até parar; um movimento leve do corpo esguio quando Marilyn Monroe oferece compaixão entre as garrafas de um ferro-velho no literalmente e figurativamente fantástico *Os desajustados*, de 1961 — foi essencial para sua presença na tela, aquele espaço cinematográfico branco e plano que Clift preenchia com um mesmo personagem, de novo e de novo: o desconhecido mas muitas vezes desprezado. (O personagem atingiu seu ápice quando Clift interpretou Freud no filme biográfico, ou quem sabe poema biográfico, de John Huston em 1962. Roteiro original? Escrito por Sartre!) A poesia de Clift era encontrada no drama do contratempo emocional: personagens que não gostavam de seu personagem porque ele era judeu, um assassino, ou Outra Coisa. Assim, ele elevou o famoso amor de Hitchcock por minimalismo cinematográfico ao interpretar um padre no estranho filme *A tortura do silêncio*, de 1953. A apresentação extremamente fascinante e emocionalmente-discreta-mas-com-dor-e-culpa-o-deixando-sem-ar-a-quase-toda-cena de Clift destaca que, por mais que Hitchcock odiasse "atuação", não sabia o que fazer quando um ator era ainda melhor na arte de ser um "modelo" do que sua raiva e manipulação podiam exigir. Já que essa tensão não existe para Hitch com Clift, o filme é livre de tensão.

Outra história sobre o artista de pensamento modernista: em 1961 ele estava gravando *O julgamento de Nuremberg*, com Stanley Kramer. Judy Garland estava no filme. Kramer convidou Clift para assistir a uma cena que Judy estava gravando e, quando Kramer se virou para Clift após a cena, lágrimas escorriam pelo rosto de Clift. Kramer: "Ah, Judy é maravilhosa, não é?" Clift, chorando: "Não." Porque ela interpreta a tragédia da personagem mesmo antes de abrir a boca. Apesar de bonito, Clift raramente era considerado "sexy", porque ele não sabia nem tomar a si próprio; seu efeito dependia do público entrar e encontrar a dor ou alegria escondidas — o erotismo do silêncio — por trás da pele clara, do cabelo escuro e da postura definida. (Um conhecido heterossexual e sensível, falando sobre Clift para a namorada, que nunca o vira em um filme, disse: "Olha, eu não gosto de homens, nem um pouco, mas ele. Uau.") Enquanto Brando interpretava cowboys, Clift era o cowboy solitário por excelência, tudo reduzido-para-a--câmera e pairando ao vento: desespero, solidão, esperança. Apesar de ser quase impossível lembrar o que Clift disse em um filme, ou como ele disse, lembramos o que Brando disse porque, apesar de sua abordagem conhecidamente flexível com o roteiro, o que ele disse foi roteirizado; ele era um ator teatral e acreditava que tudo começava com o dramaturgo ou roteirista, enquanto o modernismo de Clift tinha pouco a ver com a língua e tudo a ver com ser observado, permitindo que o ar ao redor fosse a improvisação. Em termos de cinema mudo, Brando era Chaplin e Clift, Keaton. Assistir a Montgomery Clift me ensinou que não há vergonha em ser receptivo a uma certa situação ou pessoa; é parte do meu trabalho como artista e parte de quem sou como homem em busca do amor e de suas flores.

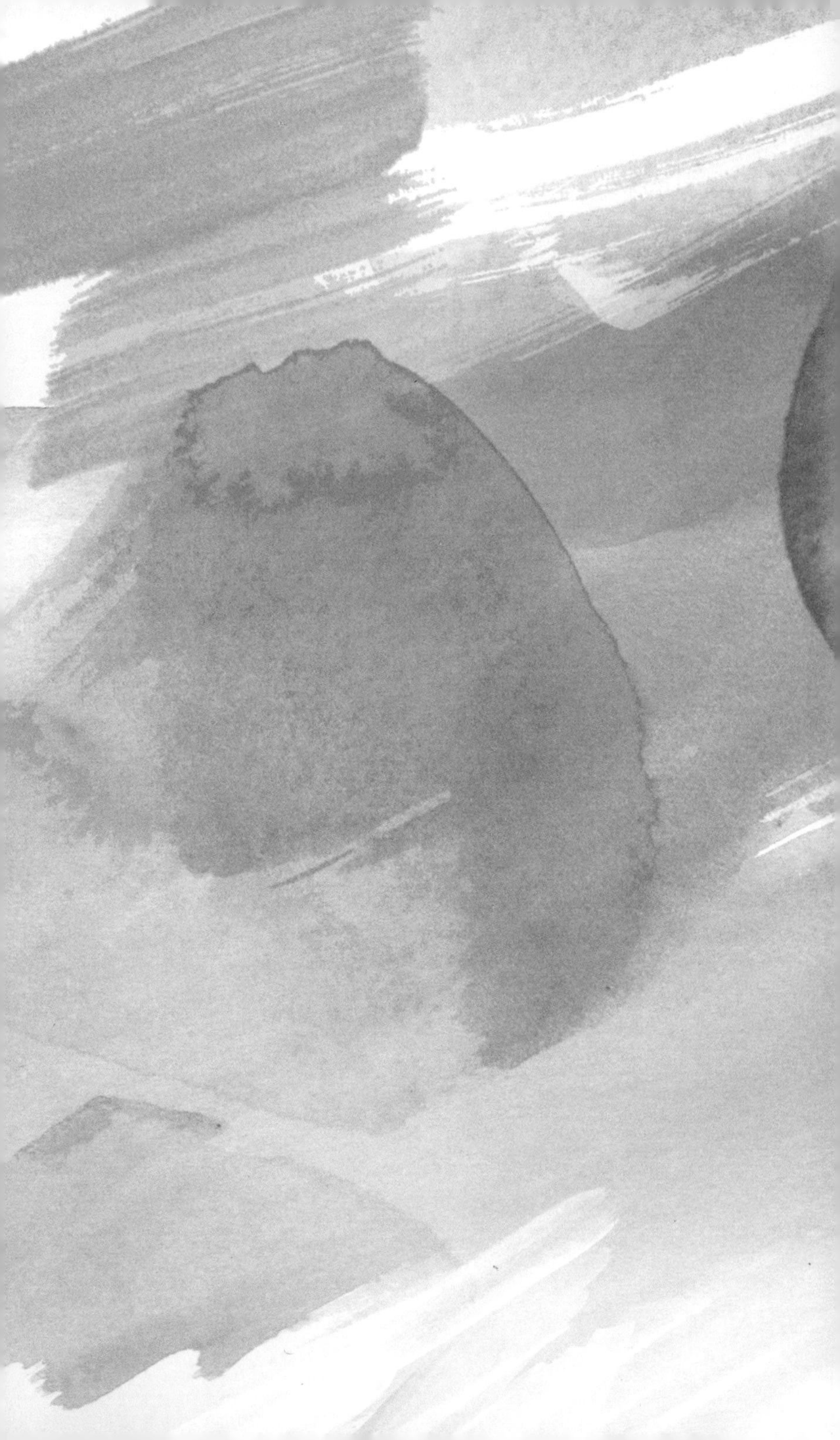

EXPOSIÇÃO PASSADA
O olhar do amor.
Por Collier Meyerson

Tem uma foto antiga em preto e branco da pensadora e escritora feminista do século XX, Simone de Beauvoir, penteando o cabelo em um banheiro de Chicago. Ela tem uns 40 anos. A bunda é cheia; algumas dobrinhas sensuais descem pela coxa direita. A perna esquerda está estendida e firme na frente e ela apoia o peso um pouco mais no quadril direito. Ela só está usando um par de sapatos de salto. É fácil imaginar que Beauvoir sempre penteasse o cabelo assim, mesmo sem ninguém ver. Ao mesmo tempo, parece que ela gostava quando alguém *via*.

Sei que a foto foi tirada durante seu caso com o escritor Nelson Algren. Sempre me pareceu uma foto de amante, sensual e furtiva, o tipo de foto espontânea em um momento de puro desejo extasiado, quando a pessoa amada faz algo incrivelmente normal, penteia o cabelo, e nos deixa sem ar. A foto garante o amor de Algren, porque ninguém pode tirar uma foto assim sem estar apaixonado.

Como li as cartas de amor de Beauvoir para Algren, sei que o relacionamento não durou. É o tipo de foto que encontramos em uma gaveta embaixo de um monte de tralha um tempo depois do fim do relacionamento, enchendo os olhos de lágrimas involuntárias e a garganta de vômito. Uma foto que estudamos, desejando voltar à época antes desse amor enorme ser corrompido.

Vi a foto pela primeira vez no Tumblr, anos atrás, e supus que tivesse sido tirada por Algren. Na verdade, foi tirada por um fotógrafo amigo de Algren, Art Shay. A foto não era o retrato profundamente erótico e íntimo de uma mulher feito pelo homem que a ama, mas o retrato profundamente erótico de uma mulher representando intimidade. Igualmente quente, mas diferente. Para o público, para o consumo alheio. Como o Instagram.

Tenho algumas fotos como a de Simone de Beauvoir. Imagens físicas de um namorado de quando eu tinha 20 e poucos anos. Em uma, ele está sem camisa na nossa varanda de Chicago, olhando para mim, com a boca entreaberta, como se estivesse prestes a sussurrar "Eu te amo". Na minha memória, foi exatamente o que ele disse: "Eu te amo, Collier." Guardo todas em uma pasta azul com cartas de amor antigas e outras fotos soltas do passado, lembranças que pareceriam inapropriadas em um álbum, mas impossíveis de jogar fora.

Fotos de amantes em geral eram particulares na época. A não ser, é claro, que fossem arte, feitas para consumo, como a de Beauvoir.

Então a cultura mudou. No meu relacionamento sério seguinte, não usei uma Polaroid nem uma câmera descartável. Em vez disso, comecei a fotografar meus momentos mais íntimos no Instagram. Todas as fotos que tirei do meu namorado seguinte, que chamarei aqui de Eli, foram impulsivas, um registro frívolo de intimidade que raramente revia porque nunca imaginei que o relacionamento acabaria. Acabou. Não tenho uma pasta azul para guardá-lo.

Eu não era artista, como Shay, mas fui iniciada em um novo fenômeno com raízes antigas: representar meu amor.

Nas primeiras semanas do nosso namoro, Eli mandou flores para o meu trabalho e sobremesas para a mesa de um restaurante onde sabia que eu estava com amigos. Como namorávamos a distância, passamos horas no FaceTime nos primeiros meses. Uma ou duas vezes pegamos no sono ainda ao telefone, já de manhã. Ele me mandava links para artigos pedindo opinião e me ligava para xingar qualquer um que discordasse do que eu tinha escrito ou dito. Como uma crítica vocal de Israel, eu ligava para ele pelo menos uma vez por semana, indignada com os atos de provocação do país contra palestinos. Ele dizia que eu era a mulher mais bonita que ele já tinha visto; às vezes, dizia dez vezes por dia. Eu respondia mandando fotos borradas de cada adesivo de carro engraçado que eu via na estrada, porque ele adorava adesivos engraçados. Eu nunca tinha sido seduzida desse jeito; ele era inebriante. Ele só pensava em mim. Eu podia ser quem eu era e ele me idolatrava... no começo.

Eu queria que meu universo soubesse que eu amava. Só que outra coisa também me perturbava: eu queria que o universo soubesse que eu *era* amada.

A primeira foto que tirei de Eli foi em uma das primeiras visitas. Ele tinha um nojo infantil de comer folhas. A foto é dividida: antes e depois de ele comer os ovos com couve que preparei. Lembro que me diverti com a risada sincera e descontrolada.

Uns dois meses depois, viajamos de carro pela Califórnia e ele registrou tudo no Instagram. "Apaixonado", dizia a legenda da foto que ele tirou na praia depois de corrermos feito loucos para ver o pôr do sol. Estou sem ar e meu cabelo esvoaça no vento, mas é uma daquelas fotos inconfundíveis de amantes: eu nem pensava na câmera, só em quem estava atrás dela.

Quando via fotos de noivado e casamento no Facebook, as achava diferentes das fotos do Instagram. Fotos profissionais me pareciam forçadas, um amor encenado para mostrar aos netos. As fotos de Instagram que tirava de Eli pareciam mais íntimas, fotos pelas quais uma noite os netos passariam quando eu restaurasse o aplicativo velho depois de falar sobre como nossas vidas giravam em torno dele.

Pensando melhor, no entanto, minhas fotos do Instagram não tinham um propósito tão diferente. Eram, também, expressões para o meu universo de que eu era desejada. Viagens, refeições, casamentos, noites tranquilas em casa, todas pontuadas pelo amor de Eli por mim. Era real, era minha vida, e, se o Instagram for uma documentação selecionada dos momentos mundanos e comemorativos da vida, era um reflexo verdadeiro. Ao mesmo tempo, eu sentia que mostrar para o mundo que estava apaixonada me dava um propósito que eu não tinha quando solteira. Os "likes" crescentes faziam com que eu, uma mulher que em geral não se interessa em ser definida por homens, me sentisse afirmada.

Às quatro da manhã, um ano e três meses depois de terminar com Eli, abri o Instagram e comecei a passar por todas as nossas fotos juntos. Comecei a olhar as fotos marcadas dele, as que eu tirei dele e as que outros tiraram de nós. Comecei a chorar ao ver a foto que eu postei da gente em uma cachoeira gigante no norte de Nova York. Eu estava vestindo um maiô retrô vermelho e Eli estava nu. Eu tinha usado um app para cobrir o pinto dele e a legenda dizia: "Ele é tão tímido, esse garoto fofo que capturou meu olhar." A foto tinha sido tirada na primeira viagem que fizemos com meus amigos. Eu estava com medo deles não se darem bem com Eli, mas deu tudo certo e eu me apaixonei ainda mais.

Depois de ver todas as fotos em que ele tinha sido marcado, vi todas as minhas. Gostei de uma que nosso amigo Jacob tirou: Eli, vestindo uma jaqueta brilhante de basquete, agachado sobre mim, mordendo meu pescoço. Embaixo dele, eu ria, minha cerveja meio quente como acessório à direita.

Fazia um mês que eu tinha parado de responder às mensagens de Eli e de atender suas ligações. Eu tinha parado de segui-lo no Instagram quando ele postou uma foto com a namorada nova. Tinha dito para mim mesma que pararia de procurá-lo no Instagram. Agora que ele tinha uma namorada, não precisava conferir obsessivamente seus novos seguidores, para ver as mulheres novas que apareciam, nem quem comentava as fotos. Não precisava imaginar. Só que eu estava acordada às quatro da manhã e já sofrendo. Queria mais dor, muito mais — meu coração era um monstro grotesco, cruel e incontrolável.

Às cinco da manhã, estudei as fotos que tinha postado desde que fiquei solteira. Em algumas pareço feliz, como quando estava cantando Rihanna, de braços para cima, no carro conversível de Zoila em Joshua Tree. Por outro lado, não eram alegrias encenadas? O Instagram é um inferno.

Apaguei o aplicativo e chorei até o sol nascer, quando fechei os olhos e peguei no sono.

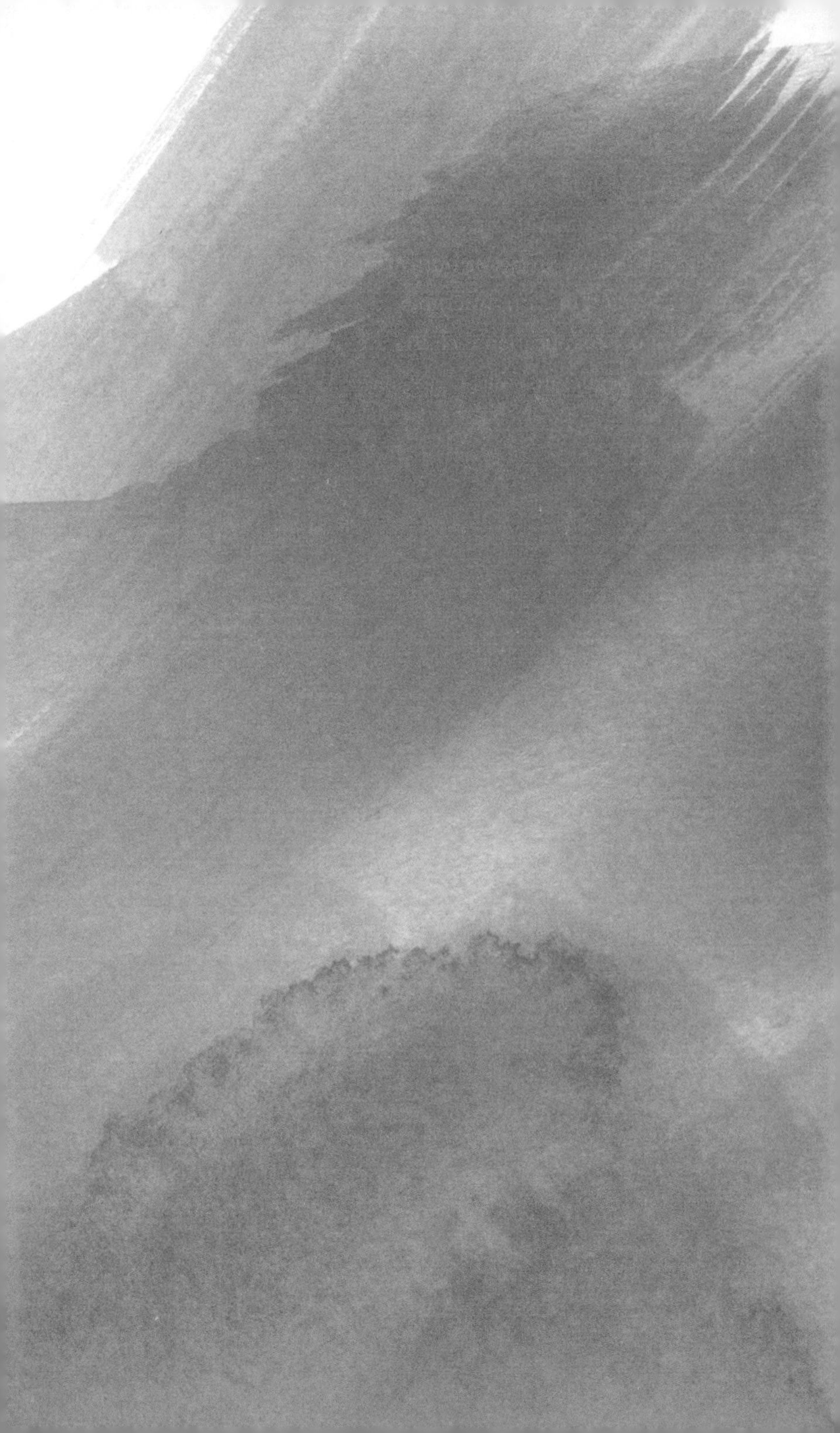

UM GUIA PARA SE APAIXONAR NO ESTILO TELESERYE
Destino! Mistério! Confusão! Romance!
Por Gaby Gloria

Amor de verdade é quando duas pessoas se olham nos olhos, cercadas de brilho, efeitos sonoros tilintantes, trilha sonora instrumental e uma narração apaixonada parecida com: "Dizem que, quando nos apaixonamos, o tempo para. Ouvimos o coração bater forte. Nunca achei que aconteceria comigo."

Como uma universitária cujo status de relacionamento é SNDS (sem namorado desde sempre), costumo pensar em romance de forma grandiosa. Como venho das Filipinas, cuja cultura é apaixonada pelo amor, é difícil evitar.

Filipinos são *obcecados* por romance e não têm vergonha de mostrar. A língua filipina tem até uma palavra para aquele frio na barriga de quando estamos apaixonados: kilig. É uma palavra tão enraizada na cultura filipina que não tem equivalente em português.

Kilig também pode chegar de forma secundária. Podemos dizer "Nakikilig ako" (Estou sentindo kilig) ao ouvir uma amiga contar os detalhes emocionantes de um primeiro encontro, ou ao ver os protagonistas de um filme preferido finalmente se beijarem.

Todo ano, a indústria cinematográfica filipina investe no kilig e lança comédias românticas estrelando celebridades locais, que costumam ser parceiras em vários projetos de filme e televisão, no que é chamado de "time de amor". Nas Filipinas, é comum pessoas passarem a noite coladas na televisão para ver se os protagonistas finalmente ficarão juntos na teleserye, uma novela que dura poucos meses.

Em geral, essas novelas se concentram na ideia de destino. As narrativas são bem bregas: os protagonistas são conectados por uma literal linha vermelha do destino, ou reconhecem o verdadeiro amor pelo coração batendo forte. Teleseryes são muito melodramáticas, repetindo versões da mesma história com características que encontramos nos dramas coreanos, nas novelas brasileiras e nos mangás *shojo* japoneses.

Já vivi muitas paixonites e decepções, mas nunca chegaram ao ponto de um relacionamento romântico. Não sei como é ser chamada para sair por um garoto, nem receber uma declaração de amor. No entanto, graças a tudo a que assisti, tenho outras expectativas a respeito de como isso *deve* acontecer. Mergulhar nesses conceitos aumenta o risco de ver o mundo com um filtro em tom de teleserye.

Sinceramente: encontrar e manter um relacionamento de verdade parece exaustivo. Se vivêssemos seguindo enredos previsíveis, tudo seria mais fácil. Pelo menos em teleseryes, tudo que o bida (protagonista) precisa fazer para ter um final feliz garantido é viver a própria vida.

E se eu dissesse que você também pode ser o bida da própria teleserye? Que existe uma fórmula para conhecer A Pessoa Certa? Que sorte: eu mapeei alguns enredos comuns para começar. Siga esse guia e entre na jornada do amor verdadeiro!

1. ESCOLHA SEU PRETENDENTE

Pode ser qualquer um, mas fique atenta para arquétipos específicos, em especial aqueles que parecem riquinhos arrogantes. Você fez contato visual com o cara pensativo de óculos grossos na aula de filosofia? Está a fim da garota excêntrica que toca ukulele na hora do almoço? Ou será que um Príncipe Encantado lindo te salvou de tropeçar? Não precisa pensar demais: essa pessoa é certamente sua alma gêmea.

2. PLANEJE UM ENCONTRO

Como em qualquer comédia romântica, o encontro espontâneo é parte essencial da teleserye. Costuma acontecer com um esbarrão na rua, mas existem algumas variações: vocês podem se conhecer depois de um ladrão pegar algo do seu bolso em uma palengke (feira). Ou talvez alguém esteja descendo uma montanha de paraquedas enquanto você sobe com um caminhão de morangos (como em *Forevermore*). Só é fundamental que você pareça o interesse romântico em perigo. Também é importante destacar que vocês se conheceram na infância, mas é claro que não se lembram.

3. COMECE DO JEITO ERRADO

Mesmo que você já saiba que está destinada a se apaixonar pela pessoa, precisa se fazer de difícil. Aumente a tensão sexual fazendo coisas irritantes para a pessoa te odiar. Tente gritar com seu amorzinho ou "acidentalmente" derrubar uma bebida na roupa dele.

4. ENCONTRE UMA CIRCUNSTÂNCIA CONVENIENTE QUE FORCE UMA CONEXÃO

Organize uma oportunidade para se aproximar, seja fazendo dupla em um trabalho de escola ou fazendo uns ajustes "criativos" no currículo para trabalhar na mesma empresa. Vai parecer que o destino uniu vocês!

5. PROCURE UMA FORÇA EXTERNA PARA AMEAÇAR O RELACIONAMENTO

Desde a leve confissão bêbada e emocionada repentina na hora errada ou a entrada de uma terceira pessoa até a versão mais extrema de um acidente de carro seguido de amnésia no hospital ou sequestro em um armazém, essas ferramentas só servirão para dar uma agitada na história e criar mais oportunidades para vocês se aproximarem. Não se preocupe, seu amor eterno causará a resolução automática do conflito, quando o kontrabida (antagonista) desfizer todos os erros que cometeu.

6. SENTE, RELAXE E APROVEITE

Agora você só precisa descansar e se preparar para o final feliz. Aviso logo: provavelmente vai ser um casamento na igreja, com cem dos seus melhores amigos como convidados (incluindo um monte de personagens secundários e primos muito distantes).

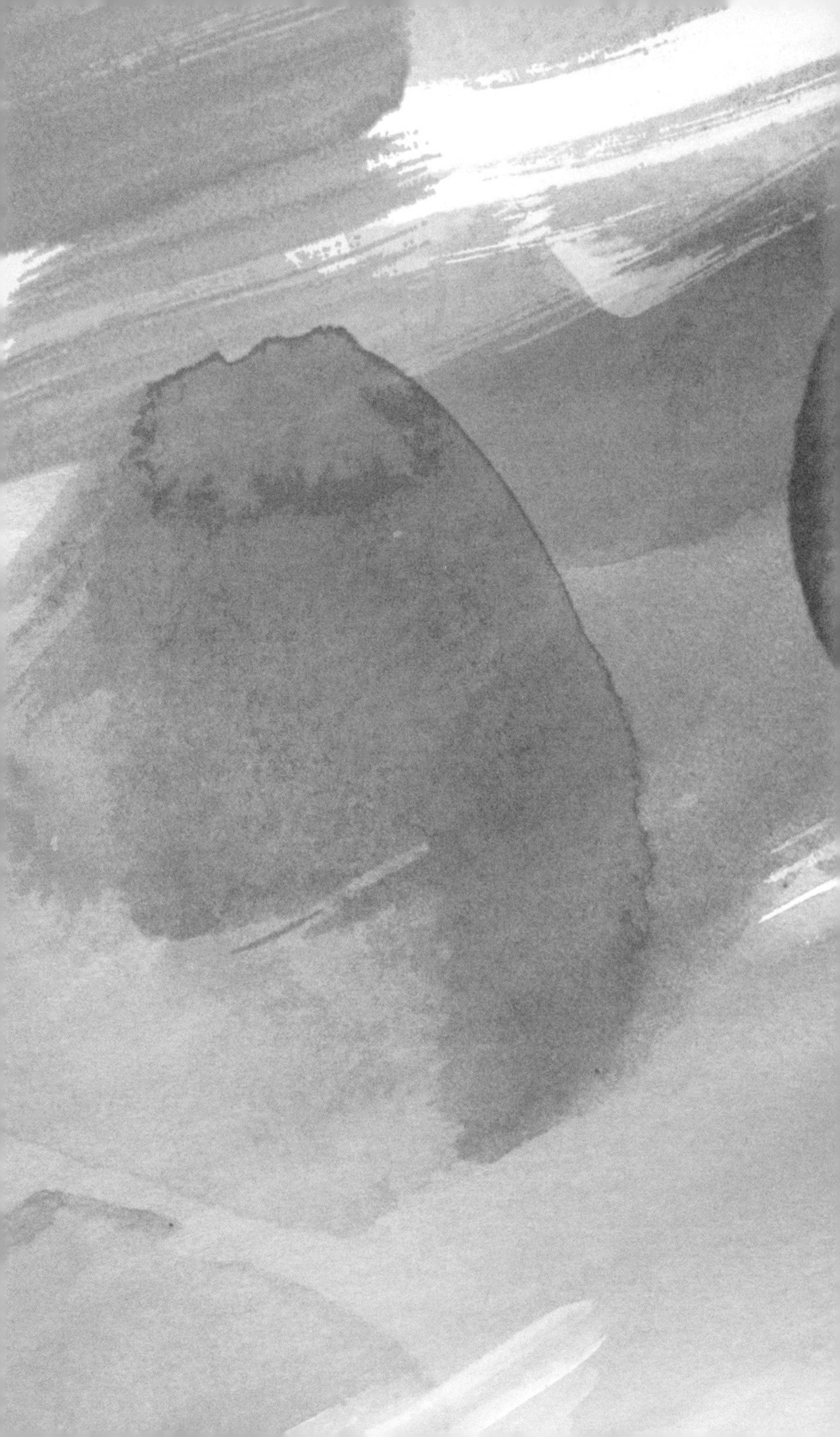

RESPLENDOR
Sobre ser uma criatura de luz.

Por Maria Popova

Em um mês de setembro inesperadamente frio, me encontrei no meio do nada no sul dos Estados Unidos, em uma fazenda de parteiras fundada nos anos 1970 e praticamente intocada desde então. Minha querida amiga Amanda, que nasceu e cresceu na Nova Inglaterra e se rebelou ao virar uma artista com um enorme coração hippie, tinha viajado para dar à luz ali.

A fazenda tinha um ar esquisito e emocionante de viagem no tempo: isolada e rudimentar, era como uma fotografia de outra era da civilização. Quando caía a noite, caía por completo. A escuridão engolia a terra, o tipo de escuridão que aqueles entre nós que cresceram na hiperiluminação urbana esqueceram que existe, uma escuridão somente pontuada por brilhos de luz celestial atravessando as folhagens escassas do outono.

Em uma noite sem estrelas, Amanda e eu saímos da choupana para passear depois do jantar. Não levamos lanternas nem telefones. Tínhamos andado pela única estrada que cruzava a fazenda muitas vezes durante o dia, por isso decidimos respeitar a escuridão e confiar em nossos instintos espaciais animais. Incapazes de enxergar mais do que um metro à frente, encontramos a direção geral da estrada por meio da clareira sobre as árvores, onde a noite nebulosa parecia um pouco menos escura do que a escuridão pesada que nos cercava, uma escuridão tão espessa que cada passo parecia rasgar o ar. Andamos lentamente mas com firmeza, de braços dados. Preso no peito de Amanda, seu filho recém-nascido. Presa no meu, a dor do fim de um relacionamento longo. Estávamos prontas para dar meia-volta quando uma imagem extraordinária nos fez parar: no meio da floresta, uma clareira de grama se revelou, polvilhada com o que parecia uma galáxia de estrelas caídas. Centenas, talvez milhares, cujas luzes piscavam suavemente em câmera lenta. Ofeguei de fascínio pela beleza inesperada. Precisei de um momento e de algum vestígio profundamente enterrado de biologia do nono ano para notar que eram vagalumes, perfurando a escuridão como uma constelação viva, uma obra-prima da natureza aperfeiçoada ao longo de milênios de evolução meticulosa. O mais marcante, o mais poético, é que eles não brilhavam para maravilhar os espectadores; brilhavam para se encontrar no escuro.

Penso muito nos vaga-lumes, em como toda música de amor escrita, todo poema, peça e filme romântico é simplesmente a auréola luminescente desse desejo elementar de atravessar a escuridão do ser e encontrar outra criatura com quem compartilhar a vida. "Desejamos resplendor neste mundo austero", escreveu a poeta Elizabeth Alexander ("Allegiance", *Crave Radiance*, 2010), e desejamos mesmo, apesar de talvez sermos mais sutis e contidos do que esses insetinhos. Não sei se Daniel Johnston estava certo ao cantar, no ano em que nasci, que "o amor verdadeiro nos encontra no final" ("True Love Will Find You in the End", *Retired Boxer*, 1985), mas sei que ajuda se emanarmos um pouco de luz — se nunca deixarmos de ser criaturas de resplendor, mesmo nas horas mais escuras.

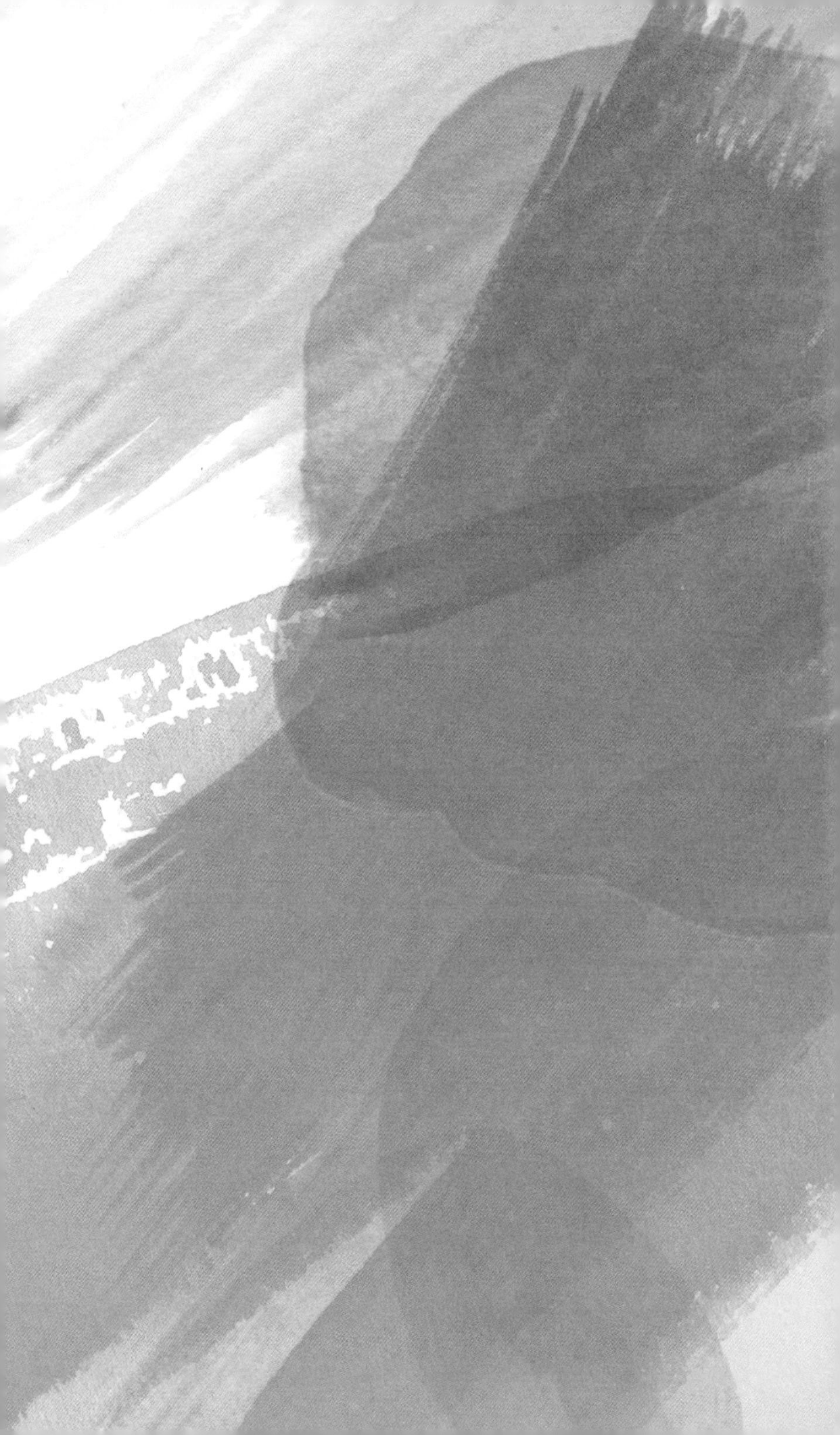

SOB PRESSÃO
Suas regras, seu tempo.
Por Victoria Chiu

Não sou muito de sentimentalismo, mas estou totalmente, completamente e descaradamente apaixonada. Estou apaixonada depois de muitos anos pensando que nunca viveria esse tipo de amor e sou muito grata por, nos últimos dois anos e meio, ter tido a sorte de estar com alguém que me entende; que me abraça e me beija quando preciso ser reconfortada; e que, acima de tudo, faz com que eu me sinta muito especial, como se fosse uma joia brilhante e preciosa quando me sinto um carvão poeirento e velho.

Pessoas próximas, quando descobrem há quanto tempo namoro E, costumam perguntar: "Até que ponto vocês chegaram?" Estão falando de sexo, claro. Apesar de ser desconfortável responder isso em qualquer circunstância, pelo menos para mim, é ainda pior quando o amigo bem-intencionado chuta a resposta. Quase sempre, supõem que E e eu já atravessamos a "última fronteira", ou seja, que praticamos sexo com penetração ou contato genital, simplesmente por conta do tempo de namoro. Quando corrijo essa suposição, causo choque ou surpresa: para muitos da minha idade (19) ou mais velhos, a expectativa quase automática é que pessoas em namoros monogâmicos transem em até um ano (se não muito antes) e que as que passam disso são raridades.

Nosso primeiro beijo foi depois de uns dois meses de namoro. O momento pareceu certo para mim, mas muitos dos nossos amigos discordaram.

"Esperaram muuuuuuuito", comentou nosso amigo Q, com cuidado. Ele tinha beijado a namorada no dia em que começaram a namorar e em seis meses eles já tinham feito de tudo. Outros amigos, O e J, tinham sido ainda mais rápidos. Diziam que era um pouco peculiar esperar, porque não havia motivo para isso. Se eu gostava da pessoa, não me opunha a sexo por princípio e não tinha obstáculos para ficarmos juntos, por que não mergulhar no lado físico de um relacionamento?

Não sabia articular a resposta na época, mas sabia, no fundo, que sexo, com penetração, não fazia sentido para mim. Ainda não. Ainda não faz. Toda essa conversa a respeito de como todo mundo parecia ir rápido fazia com que eu me sentisse atrasada em um cronograma invisível; apesar de ninguém me dizer que eu *precisava* transar, ou que eu estava sexualmente deslocada, sentia a pressão de uma força intangível. Sentia quando via adolescentes se pegando depois de namorarem poucas semanas em filmes e quando lia histórias sobre caras que mal podiam esperar para "se dar bem" depois do terceiro encontro. Nunca foi um confronto direto, mas a pressão pesava sobre mim quando eu começava a divagar. Não havia escapatória.

Outro "choque": E e eu não fizemos um voto de castidade. Não somos contra sexo antes do casamento (muito pelo contrário) nem temos aversão a sexo. A escolha de não praticar sexo com penetração foi feita em grande parte por mim, mas é só isso: uma escolha, uma expressão de preferência pessoal. No geral, as pessoas respeitam esse fato, porque cada um tem sua opinião sobre sexo, mas de vez em quando alguém interpreta nossa atual abstinência como sinal de pudor excessivo.

Um dia, E estava jogando *League of Legends* no Skype com um amigo, P, quando surgiu o assunto. Ao descobrir nossa história sexual, P no mesmo instante reagiu com uma certa repulsa.

"Cara, que porra é *essa*? Você está, sei lá, esperando até o casamento?"

Não estamos, o que E explicou, levando a ainda mais confusão. Então por que, questionou P, não entrávamos nessa e transávamos de uma vez? Não era estranho namorar tanto tempo sem sexo? Não era mais a era vitoriana.

Em resumo: é complicado. Apesar de um voto de castidade explicar nossa "espera", a verdade é que se trata de uma combinação de fatores. Eis os fatos:

1. UM RELACIONAMENTO ROMÂNTICO SEM SEXO ≠ "SÓ AMIZADE"

Sexo com penetração — na verdade, qualquer tipo de sexo — não é um marco mágico que valida um relacionamento romântico. Estar apaixonado não implica inerentemente em transar, mesmo que nossa sociedade dê tanto valor para sexo com penetração, em especial de pênis na vagina. Aparece em filmes e músicas e é usado em cartazes e na televisão para vender tudo, de perfume a bolsas. Considerando quão frequentemente nos bombardeiam com a mensagem, não é uma surpresa que a sociedade seja tão obcecada por sexo — a ponto de a ausência de sexo, a ausência de desejo e tesão primal, costumar indicar (para algumas pessoas) "só amizade". No entanto, sexo não é um barômetro de intimidade, o que eu pessoalmente associo com amor. Além disso, o tesão, baseado numa atração sexual, pode acabar rápido. Portanto, um relacionamento que não envolve atos sexuais não é menos completo, rico, satisfatório e apaixonado.

Qualquer relacionamento romântico entre pessoas de qualquer gênero pode ser satisfatório e apaixonado com ou sem sexo, em vários níveis. Qualquer um que continue a insistir na narrativa de que "sexo = relacionamento de verdade" está, honestamente, bem errado.

2. ESPERAR PARA TRANSAR ≠ SER "INJUSTO" COM O PARCEIRO

Algumas pessoas acham que o desinteresse de um parceiro em transar é injusto com o outro, como P também comentou naquela noite. Isso me incomodou por muito tempo, ainda mais considerando que meu parceiro tem uma libido muito alta. Eu também tenho (não é um dos motivos para esperar). Mesmo assim, por causa dos comentários de alguns indivíduos conhecidos e de mensagens constantes da mídia tradicional, achei que não estava cumprindo meu "dever" como parceira se não estivesse disposta a fazer essa coisa totalmente comum que é o sexo. Isso me causou muita ansiedade, porque gosto muito de E e nunca ia querer fazer algo de injusto com ele.

Passei muitas semanas revirando as palavras de P, me torturando por causa do impacto negativo que devia estar causando em E e me preocupando com o que ele sentia a respeito. No entanto, assim que sussurrei meus medos para ele no telefone uma noite, descobri que eram infundados. E ficou até um pouco ofendido por eu achar que ele teria essa atitude a respeito de sexo. Como ele me lembrou, sexo é um acordo bilateral e nenhum relacionamento funciona se uma pessoa priorizar seus próprios desejos, sem considerar os sentimentos da outra. Ele disse que me amava e que, por isso, sexo só seria agradável se eu também gostasse e me sentisse confortável.

Não quero ser cafona, mas senti meu coração pleno quando ouvi isso. Talvez fosse amor, por causa do que ele sente, ou talvez fosse alívio por ele entender como eu me sinto. Provavelmente foram as duas coisas.

3. NÃO IR "ATÉ O FIM" ≠ NENHUMA VIDA SEXUAL

Acho que o motivo para as reações tão chocadas por "não termos ido até o fim" é que supõem que isso significa que E e eu não temos nenhuma vida sexual. Não é verdade. Fizemos outras coisas nessa esfera e as praticamos com bastante frequência, mas não fizemos esse ato final. Para algumas pessoas, isso não basta; se não estiverem praticando uma forma muito específica de sexo, não é mesmo sexo.

Para ser clara: se quiser transar, não há um "jeito" certo de fazê-lo. Sexo consensual em um relacionamento é ótimo e lindo. É uma forma de expressar amor, mas não é a única forma. Quero me encaixar e sentir que estou "no cronograma" com todo mundo ao meu redor, mas não me sinto pronta aos 19 anos. Quando me sinto estranha e insegura, tento lembrar que todos os meus sentimentos são normais e válidos. Tudo bem querer transar e tudo bem não querer. Tudo tem seu tempo e acho que meus sentimentos confusos e às vezes contraditórios a respeito disso também se tornarão mais claros no futuro.

Um dia eu vou querer praticar sexo (com penetração). Ultimamente tenho gostado mais da ideia. Não sei quando acontecerá, nem como, mas sinto que *acontecerá*. Um dia. Quando chegar, estarei confortável e entusiasmada. Não será uma grande decisão, porque saberei inteiramente que é o que desejo. Até esse dia, me concentrarei no que tenho agora e em como é fantástico. As conversas por telefone de madrugada, os abraços, os beijos e as inúmeras horas de companhia, compreensão e amor, amor, *amor*. Amor que enche minha alma e me cerca. Posso pensar em sexo depois. Afinal, não tenho pressa.

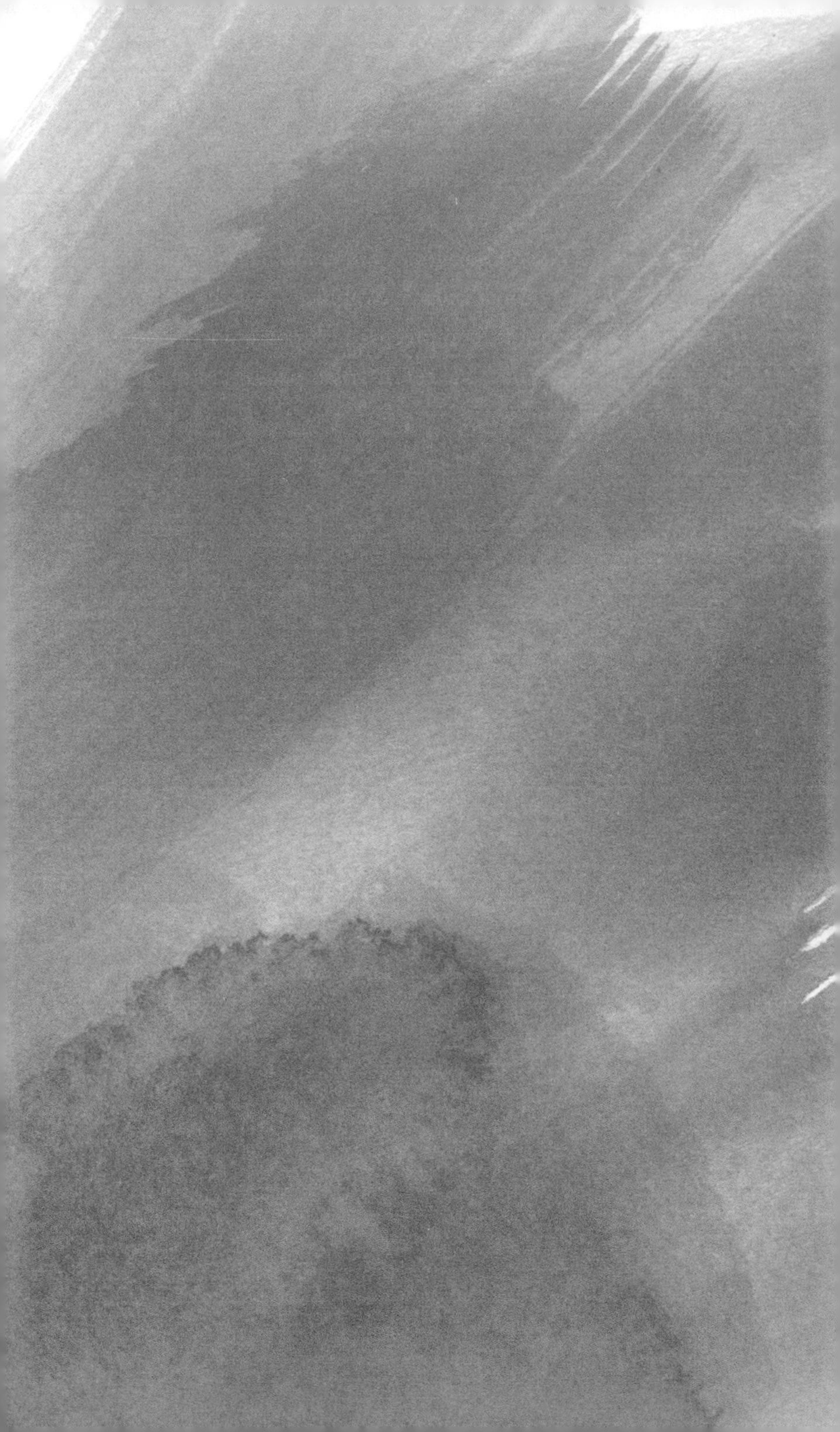

AMIGAS PARA SEMPRE
Encontre um círculo onde pode ser mais humana.
Por Diamond Sharp

Eu me apaixonei por amigas em táxis, em jantares e nos confins efêmeros de DMs de redes sociais. As mulheres com quem me conectei são as que me seguram quando a vida dá uma reviravolta e me erguem quando tudo anda bem. Desde os meus 20 anos, comecei a pensar no tipo de amizades que quero. Ainda é considerado radical pensar em amizades platônicas e em relacionamentos românticos como igualmente importantes, mas essas amizades intencionais que construí foram a estrutura do meu crescimento.

Para mim, uma amizade intencional é um relacionamento com outra pessoa que nos *enxerga*. Amigos intencionais nos aceitam como somos, mesmo quando não estamos em nosso melhor. São pessoas interessadas na gente a longo prazo. Reciprocidade é fundamental: quando penso nas minhas amizades mais próximas, vejo mulheres com as quais me sinto restaurada depois de sair. Amizade não impede que minha vida tenha problemas, mas oferece uma rede de apoio. No seu melhor, amizades deliberadas me sustentam e eu me apaixonei abertamente pelas minhas amigas.

Minhas amizades não foram sempre assim. Amizade é algo estranho porque essencialmente envolve chegar para um desconhecido e falar: "Oi! Gosto de você e quero você para sempre.

Tá?" Assim como em relacionamentos românticos, é possível beijar alguns sapos metafóricos para entender como se satisfazer. Na escola, aprendi com séries como *Girlfriends* e *A Different World*: queria um círculo inquebrável. Experimentei e larguei amigas; nossa conexão era só superficial (talvez porque eu estivesse tentando basear minhas amizades em representações fictícias). Só fiz amizades duradouras na faculdade. É clichê falar dos vínculos das alunas em uma faculdade para mulheres, mas foi um fenômeno verdadeiro para mim. O tempo que passei em Wellesley me ensinou a não temer amizades íntimas com mulheres. Agora que sou uma adulta estável, construí meus relacionamentos com base em um interesse mútuo a ousar amar em amizades.

Ser uma mulher negra significa existir em uma interseção entre ser ignorada e objetificada. No grupo de mulheres negras com as quais me cerco, sou *vista*, posso ser inteiramente humana. Com elas, posso ficar quieta ou fazer barulho, posso chorar e causar escândalo. Posso ser uma pessoa complexa entre as mulheres negras das quais me aproximei, de uma forma que não posso ser com o mundo em geral.

Mesmo assim, às vezes, parece que amizades são desprezadas ou tratadas como substitutos. Dizem que sangue é mais forte que água, ou seja, que a família biológica sempre nos apoiará de um jeito que os amigos não fazem. Também vivo em um país em que se espera que namorados ou esposos sejam tudo. Talvez isso seja verdade para certas pessoas, mas nunca quero que minhas amizades caiam para segundo plano. Meus 20 e poucos anos coincidiram com minha crise de transtorno bipolar II — passei muito tempo voltando a ser quem era antes da doença. Quando penso nos meus momentos mais sombrios, me lembro das amigas que me acolheram nas noites em que a hipomania era difícil de aguentar sozinha. Ou da amiga que me ajudou a fazer a mala para minha primeira internação. Ou da amiga que tentou passar pela segurança do hospital com um bolinho para me animar. Meus pontos mais baixos não acabaram comigo, em grande parte por causa da comunidade de mulheres da qual faço parte. Tenho sorte de ter amigas que me veem por completo e sabem quando não estou bem, mesmo que eu não note. Todas essas mulheres me ensinaram a ser o melhor que posso ser. Não tenho medo de dizer para minhas amigas que as amo com sinceridade.

No romance *Amada*, Toni Morrison descreve uma amizade parceira da mente, que dá suporte e devolve organizados os pedacinhos de quem a personagem é.[15] Essa é a beleza das minhas amizades. Posso ser ao mesmo tempo inacabada e completa, pois sei que minhas amigas permanecerão comigo esteja eu em pedaços ou inteira.

---

[15] No texto original, esse trecho aparece em forma de citação. Devido a questões de direitos autorais sobre a liberação da tradução brasileira, foi necessário o uso dessa estrutura. (N. da E.)

AMOR INFINITO
Primeiro significa eterno?
Por Upasna Barath

Quando eu era mais nova, tudo que sabia sobre amor era que acabava. Amor, pelo menos amor romântico, tinha paradas. Minha mãe casou, casou de novo e casou outra vez. Vendo o quanto ela encontrava dificuldades em relacionamentos, amor verdadeiro, do tipo contido nos livros que eu devorava, parecia estranho. Mesmo assim, minha mãe arriscou a sorte naquela terceira oportunidade. Apesar da minha incerteza sobre o significado do amor, queria ter fé que também o experimentaria.

Quando criança, vivia sonhando com meus relacionamentos inexistentes: como conheceria meu futuro namorado, o que diríamos, nosso primeiro beijo. Minha principal fantasia era inspirada por um dos meus filmes preferidos da época, *O diário da princesa*. Amava o relacionamento que florescia entre Mia Thermopolis (adolescente normal, princesa repentina) e o irmão de sua melhor amiga, Michael (tecladista gato, mecânico esforçado). Eu assistia a uma versão personalizada na minha cabeça: eu mais velha (e mais descolada) com um garoto de quem gostava secretamente e que também gostava secretamente de mim, nós dois mergulhados na tensão causada pela nossa incapacidade de confessar o que sentíamos. Não tinha nenhum exemplo real de como pessoas de fato se conheciam e se apaixonavam, mas: ser quem eu sou, ficar a fim de alguém, não conseguir me comunicar... e isso acabar em um "beijo de levantar o pé" que nem o de Mia, feliz para sempre? Isso eu saberia fazer. Parecia simples.

Os dois primeiros casamentos da minha mãe foram doloridos e acabaram mal. Testemunhar sua dor, confusa e irada com as ações do meu pai e do meu padrasto, me deixou desesperada por garantias de que o amor existia e podia acontecer comigo. Por isso, procurava modelos de romance nos livros que lia. Um jeito de me apaixonar: em meio a ação e aventura, apaixonadíssima pelo meu melhor amigo, como Rony e Hermione na série Harry Potter. Ou por um beijo esquisito e emocionante mesmo em meio a situações familiares difíceis (com as quais me identificava), como em *Andar duas ruas*, de Sharon Creech. Claro, eram exemplos fictícios e talvez idealistas demais, mas me ofereciam um modelo a seguir. Ainda mais importante, me davam esperança.

Eu tinha 18 anos quando comecei a namorar Elijah.[16] A história de como nos conhecemos começa assim: eu queria escrever sobre arranjar uma carteira de identidade falsa para meu blog. Minha colega de quarto tinha conhecido um garoto chamado Elijah na Noite de Cassino, e Elijah sabia onde arranjar identidades. Por isso, mandei uma mensagem para ele, me apresentando. Apesar de conversarmos por algumas semanas, e de Elijah ter me chamado para sair, não nos encontramos. Eu estava ocupada e, sinceramente, com medo de ir sozinha. Qual era a cara dele? O som de sua voz? Ele morava em um alojamento de atletas, será que era um esportista irritante? Um dia, procurei o perfil dele no Facebook, mas não me impressionei: fotos esquisitas da infância não me ajudavam a prever que tipo de pessoa era agora e a falta de

---

[16] Nome foi alterado.

posts não me ajudou a avaliar seus interesses nem sua personalidade on-line.

Só nos conhecemos pessoalmente em uma festa de Halloween, quando vi um garoto dançando no meio da sala. Cutuquei o ombro dele e perguntei se era Elijah. Ele se virou e gritou, porque a música estava alta:

"Sou. Quem é você?"

"U-pas-na!", respondi, quase soletrando meu nome. "A gente conversou sobre carteiras de identidade."

Elijah arregalou os olhos e me abraçou.

"OOOOOI!"

Daí em diante, nos tornamos praticamente inseparáveis.

Estar com Elijah era tranquilo. Ele era atento e bom de papo e gostávamos de discutir política ou analisar nossas letras preferidas de Kid Cudi. Sua personalidade relaxada equilibrava minha personalidade extrovertida e era raro brigarmos. Nosso primeiro beijo foi perfeito, sem nada do constrangimento que eu encontrava nos livros. Éramos melhores amigos e amantes, mas não levamos, tipo, sete anos. Um dos meus amigos até disse: "Você e Elijah são ótimos nisso de relacionamento."

Tinha chegado minha hora! Ali estava eu, com todos os elementos de um amor ideal que eu criara quando era mais nova. Eu adorava. Por dentro, no entanto, ainda me sentia nervosa: será que tínhamos nos apaixonado com facilidade *demais*? Onde estava o sofrimento? Em todas as comédias românticas que vi e em todos os livros adolescentes que li, sempre tinha um obstáculo entre os apaixonados e sua jornada até ficarem juntos. Não tínhamos isso. Eu questionava muito a validade do nosso "amor".

Nas férias de verão, eu estava vivendo em Chicago por causa de um estágio. Elijah fez uma viagem de seis horas de carro, saindo de sua cidade para passar o feriado do Dia da Independência comigo. Tínhamos quatro dias sem limites de tempo; não precisávamos nos organizar com base em aulas, estudos ou nos horários dos amigos. Podíamos ir aonde quiséssemos, fazer o que quiséssemos. Só nós. Fora da bolha da nossa vida universitária, ainda por cima passando o tempo todo juntos, aprendemos mais hábitos, "idiossincrasias" (ele vivia se esquecendo de escovar os dentes e eu vivia reclamando de forma exaustiva) e traços de personalidade. Era quase como namorar outra pessoa, ou uma versão diferente (e assustadoramente real) de Elijah. Para dizer a verdade, fiquei com medo. Aquele fim de semana, com seu lampejo de realidade, pareceu uma amostra do resto da nossa vida. Pareceu infinito.

B.J. Novak tem um conto, "Sophia", cujo título vem da robô sexual protagonista que se apaixona pelo narrador, que não retribui. Eu gostava da perspectiva de Sophia sobre o amor: ela diz para o narrador que várias coisas na vida, como os motoristas de táxi, médicos ou enfermeiras que conhece, são finitas. Ela é capaz de contar e compreender todas elas, mas, como humanos não são, eles *percebem* muitas coisas como infinitas (você por acaso lembra quantos carros viu na vida?). Como robô, Sophia vê claramente que o amor é infinito, a única coisa que não é capaz de calcular, mas os humanos veem o amor como uma estrutura definida, porque sempre lembramos a última vez que acabou.

Eu amava essa ideia de amor infinito e também a sentia. Quando estamos apaixonados, tudo expande. Até um segundo parece eterno. Podemos estar tristes e apaixonados, irritados e apaixonados, decepcionados e apaixonados... há espaço para tantos sentimentos.

Estar em Chicago com Elijah me ajudou a evoluir minha noção de amor. Finalmente passei a vê-lo como mais do que um sonho bidimensional (mesmo que fantástico) envolvendo duas pessoas e alguns beijos. Minha experiência também contrastava com o que eu vira minha mãe viver nos dois primeiros casamentos. Ao mesmo tempo, a percepção de infinitude do meu relacionamento com Elijah me deixava nervosa. A infinitude entre nós parecia não deixar espaço para evolução. Éramos tão jovens, ainda no fim do primeiro ano de faculdade. Nosso amor infinito surgiu das pessoas que éramos quando nos conhecemos, mas não cresceria para as pessoas que nos tornávamos. Eu estava apaixonada e inquieta, eu estava apaixonada e apavorada e, um dia, eu não estava mais apaixonada. A ideia de estar com alguém sem sentir que tinha espaço para crescer no relacionamento e como pessoa era adulta e assustadora. De repente, o infinito que eu sentia não era mais uma ideia romântica, mas um pesadelo horrível e sem fim.

Terminei com Elijah seis meses após a visita a Chicago e, ao fazê-lo, senti um enorme alívio do peso do infinito que eu carregava. É engraçado, porque terminar com algo que eu desejava a vida inteira foi *bom*. Minha necessidade de encontrar amor vinha com expectativas do processo e das formas como queria me sentir quando apaixonada e Elijah não combinava com essas emoções. No entanto, ele me ajudou a confiar mais em mim mesma e nos meus sentimentos. Apesar de ainda desejar muito o amor, reconheço que a vontade de sentir algo por alguém não importa tanto quanto *como* eu me sinto. Mesmo que o romance acabe, tudo bem, porque qualquer amor ainda oferece um gostinho de infinito. Agora, dou as boas-vindas ao desconhecido.

A GRAÇA DA VIDA!

DETALHES QUE FAZEM ESSA VIDA ESTRANHA VALER A PENA.
POR ESME BLEGVAD, 2016

QUANDO ACORDA ATRASADA, MAS O TREM DEMORA POUCO

E QUANDO A MOTORISTA DO ÔNIBUS AVANÇA TODO SINAL AMARELO

ISSO!!! VAI NESSA!!

SENTE-SE, POR FAVOR

QUANDO O LANCHE SAI DE GRAÇA PORQUE FALTA TROCO

QUÊEE...

SUSPIRO

NA PRÓXIMA...

OU QUANDO A PROVA É DIFÍCIL, MAS A NOTA BOA VEIO!

QUANDO CÃES E GATINHOS COCHILAM NO SEU COLO

OU O NOVO PRIMINHO DORME NO SEU PEITO,

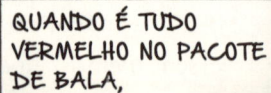

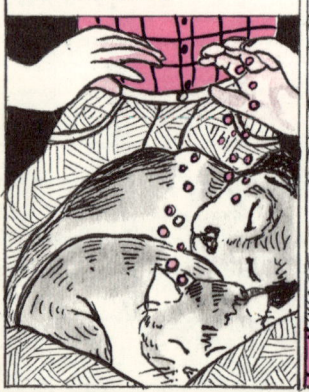

Z LEVE

QUANDO É TUDO VERMELHO NO PACOTE DE BALA,

OU QUANDO SOAM OS CHOCALHOS E É SÓ DANÇAR, MESMO SEM JEITO!

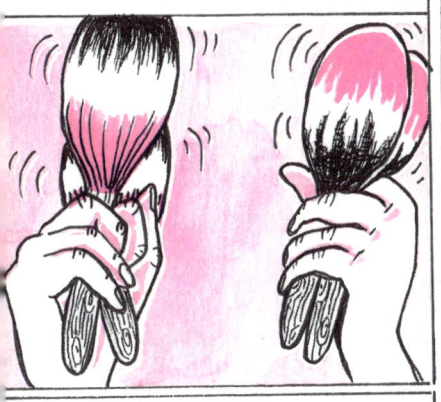

VOCÊ ACHA 20 REAIS QUANDO ESTÁ BEM DURA,

OU NO FUNDO DO ARMÁRIO, UM RESTO DE COMIDA,

OU QUANDO A SALA RI DA SUA PIOR PIADA,

UFA...
HE HE HE!
RS!
HA HA HA

ESSAS COISAS GOSTOSAS DÃO A GRAÇA DA VIDA!

CLIQUE!

← (*GANHOU)

CONTRA HISTÓRIAS DE AMOR
Uma ode ao fracasso da intimidade.

Por Sally Wen Mao

I

A palavra "identidade" tem muitos gêmeos. Sinônimos de identidade: individualidade, unidade, integridade, singularidade, ser. Outras formas de enxergar identidade: como *relação absoluta*. Identidade sugere uma posição fixa, raízes, orientação. Identidade afirma experiência partilhada, sangue partilhado.

A palavra "identidade" também tem antônimos. O último livro publicado pelo filósofo francês Emmanuel Levinas antes de sua morte em 1995 foi *Altérité et Transcendence*, no qual define transcendência como a práxis moral de ir além do ser e alteridade como o paradoxo do outro. "Alteridade" sugere desorientação, alienação, a condição do exílio. Alteridade: alternado, outro. Quando alguém se vê como exilado, como pode reconciliar identidade, ou "relação absoluta"?

Edward Said começa o ensaio "Reflexões sobre o exílio" da seguinte forma: "O exílio nos compele estranhamente a pensar sobre ele, mas é terrível de experienciar. Ele é uma fratura incurável entre um ser humano e um lugar natal, entre o eu e seu verdadeiro lar: sua tristeza essencial jamais pode ser superada."[17] O exílio

---

[17] SAID, Edward. Reflexões sobre o exílio. In: _____ *Reflexões sobre o exílio e outros ensaios*. São Paulo: Companhia das Letras, 2003, p. 46-60. Trad. de Pedro Maia Soares.

vai além do lugar nativo; tem a ver com o corpo, com o contexto e a posição do corpo, com o modo do corpo se mover no espaço.

Exílio é a condição de alteridade: ser proscrito em uma cultura, nação, sociedade, comunidade, família, parceria. Ser exilado implica em ver o mundo do ponto de vista do outro, do alto de um telhado solitário e monótono, em busca de um lar. Como um pardal sem bússola migratória. Exílio é a isolação e o desejo desesperados, assim como a insatisfação contínua desse desejo, o fracasso contínuo da intimidade. De fato, é uma experiência horrível. De fato, às vezes é incurável.

II

Na infância, somos assombrados por beijos brancos e é essa a origem de nosso exílio. Nós os enterramos nas florestas onde tentamos nos preservar, mas eles sempre esvoaçam, voltam à nossa pele. Nossos ossos, iluminados pelo calor branco dos sonhos, a bile marrom dos órgãos. Esfregue até sair a icterícia, o cabelo, as manchas, os fenótipos.

Nos nossos jardins de alteridade, nos vemos como fantasmas, cascas, restos. Caçamos beijos de espíritos desconhecidos. Somos os filhos daqueles nascidos na fome e na guerra. Mãe e pai carregados para o campo, para o chá, para o arroz. Mãe e pai trabalhando no amanhecer, comendo arroz com repolho, famintos no crepúsculo. Mãe e pai em uma longa migração. Somos os filhos ou descendentes de refugiados, exilados, emigrantes e imigrantes que há muito perderam seus lares físicos. A terra testemunhou suas despedidas; a terra testemunhou seus afastamentos e seus silêncios seculares.

III

Garotas brancas beijando, sendo beijadas. Garotas brancas, sorrindo com dentes brancos, vestindo tule branco, posando em corredores brancos. Garotas brancas, brilhando como relâmpagos. Garotas brancas em triângulos, polígonos, hexágonos amorosos. Garotas brancas, aceitando Oscars e Grammys. Garotas brancas e sua devoção plena. Garotas brancas se apaixonando, se encontrando, correndo por vilas e cidades, ágeis e esquivas, nutridas. Garotas brancas, em perigo, garotas brancas, desaparecidas, os grupos de busca, as notícias, as sirenes.

Não questionamos o lugar dessas garotas brancas. Seus defeitos superficiais podem ser corrigidos e há tantas formas de corrigi-los. Ela pode ter óculos, espinhas, tatuagens, mas sempre há espaço para transformação. Ela pode se transformar em gueixa de quimono nas páginas da *Vogue*. Ela pode se transformar em indígena de cocar na passarela da Victoria's Secret. Ela tem permutações infinitas. Sua transformação é um sonho adolescente, no qual beijos são garantidos, beijos são inevitáveis. Uma garota beijada é vista. Uma garota beijada é valorizada. Ensinada por filmes e ficção que o único real caminho para a autorrealização é ser reconhecida como desejável. Então amada, então possuída. O demônio é masculino e possui as mulheres que adora. Identidades femininas são frágeis assim. Isso também é violento.

IV

A garota nasceu perto de um rio famoso do outro lado do mundo, na passagem do inverno para a primavera, em meados de março, numa sexta-feira 13. O rio é o Yangtzé e a cidade é Wuhan. Ela é sino-americana. Seus pais imigraram no começo dos anos 1990:

primeiro o pai, em 1991, depois ela e a mãe, em 1992. Ela passou os primeiros sete meses nos Estados Unidos em completo silêncio, e o silêncio, assim como a linguagem, eram formas de exílio.

A garota esperou a vida inteira para ser beijada, só para descobrir que um beijo não é o antídoto para o exílio. Ela aprendeu aos 20 anos. Seu primeiro beijo, na sala de piano do alojamento no cruzamento entre as ruas Cinco e Morewood. O garoto tocava Bob Dylan no piano, descendo o dedo pela saia. Era a última semana de março, o equinócio de inverno. O algodão listrado embolou na barriga dele quando ele a deitou, quando passou a língua entre os dentes dela. Aquela faixa de pele pálida.

Pittsburgh, cidade de rios e pontos de aço, ciclovias serpenteando por colinas. Ela usou todos os músculos da perna para subir as colinas, especialmente a colina na Avenida Liberty que levava ao Ponto, um encontro de três rios: Monongahela, Allegheny e Ohio. Na aula de poesia com Yona Harvey, ela leu um poema de Spencer Reece sobre a primavera. Depois outro poema de Kazuko Shiraishi em *Seasons of Sacred Lust* (1978), descrevendo abril como a "temporada do maníaco sexual sagrado".

Ela pensou em uma época, entre a primavera e o verão, um massacre após uma greve de fome. Ela rascunhou um poema sobre luto, sua primavera eterna. A groselha azeda conservada no óleo da memória. Um beijo não é a solução para a alteridade. Não é resposta, bálsamo... nem salvação.

V

O filme *Verão da liberdade*, dirigido pelo cineasta da Sexta Geração Lou Ye, acompanha uma jovem que migra para Pequim para a faculdade e se apaixona por outro jovem universitário. Eles caminham sob cerejeiras em flor e andam de bicicleta na beira do lago ao lado do Palácio de Verão. O filme foi banido na China por ter sido inscrito e exibido no Festival de Cannes sem a permissão do governo. *Verão da liberdade* foi controverso não só por conta das cenas de sexo explícito com nudez frontal, como também pela representação do terror do massacre na Praça da Paz Celestial na primavera de 1989. A câmera se move de modo frenético quando tiros são disparados, a traição do governo simultânea à traição do namorado da protagonista, que faz sexo com sua melhor amiga. Os jovens apaixonados são afastados, vivem vidas separadas e enevoadas e se reencontram vinte anos depois, tendo sonhado com a reunião por anos, tendo perdido a esperança sobre assuntos políticos, incluindo a possibilidade de revolução e mudança. São vagamundos, em exílio permanente da esperança. O homem se mudou para Berlim e a mulher, para Wuhan. Eles reservam um quarto de hotel onde seus lábios se tocam por um momento. A mulher se afasta, diz que vai comprar bebida. Ela nunca volta ao quarto. De manhã, o homem pega o carro e passa pela mulher andando no acostamento da estrada. É o fracasso da intimidade, uma história de amor fracassada.

VI

A incapacidade de ser amada, para uma mulher, é um tipo de exílio, de banimento, por si só. É o exílio de uma forma fundamental de pertencimento: a unidade familiar, intimidade romântica. Para mulheres, o amor fracassado representa um fracasso do ser. A *fata morgana* a distância, um brilho de relâmpago rosa.

Na ilha de Tobago na primavera, **a garota** viu uma tartaruga-marinha entrar em um monte de areia. Observadores de tartaruga percorrendo a ilha em busca dessas jovens mães iluminaram o ninho improvisado com uma luz vermelha. Uma multidão assistiu aos ovos caírem um a um no ninho, perfeitamente esféricos, luminosos como planetas.

Essas mães nadam milhares de quilômetros sozinhas para pôr ovos em terra, enquanto as tartarugas macho ficam no oceano a vida inteira. Elas costumam escolher praias ao luar. Tartarugas são férteis por mais de meio século. Essa tartaruga em particular tinha 35 anos; após pôr os ovos, ela descansaria e voltaria ao mar. Os ovos chocariam sem a mãe.

No caminho para a tartaruga, **a garota** no banco de trás de um carro com a amiga, a poeta Cathy Linh Che, e dois guias turísticos de Tobago, que as levavam à praia onde diziam que as tartarugas ficavam. Um sentimento indescritível a assomou, com tanta força que ela abriu a janela e chorou no vento tropical que dividia seu rosto, de novo e de novo, esperando que mais ninguém no carro notasse.

VII

Na pesquisa para seu segundo livro de poesia, **a garota** fica obcecada pelo destino de mulheres trágicas. Coleciona suas vidas e histórias em um inventário. As vozes escorrem em sua poesia; a assombram, a reconfortam, a alimentam, a acompanham nas noites tristes, essa procissão de lindos fantasmas. Um time morto, quem sabe.

Elas vagam pelas estradas à beira-mar; a garota fictícia na beira da estrada, vendo a pessoa amada partir. Sua solidão, sua isolação eterna, são os aspectos que a atraem; uma trupe de mulheres distantes, histórias ao vento.

VIII

Anna May Wong, nascida em 1905 na Rua Flower no centro de Los Angeles, a poucas quadras de onde o Massacre Chinês de 1871 ocorreu três décadas antes. A primeira atriz de Hollywood ásio-americana. Dentre as formas como suas personagens encontraram seus fins: esfaqueada, baleada, assassinada, afogada, esmagada pelo terremoto de 1906 em San Francisco. As personagens eram abandonadas pelos amantes, corrompidas, rejeitadas, humilhadas, desprezadas. As personagens nunca estavam seguras.

Na vida real, também, Anna May Wong foi a imperatriz da mulher asiática abandonada, solteira por quase a vida inteira. Na época de leis antimiscigenação, seus namorados reais a abandonavam tanto quanto os cinematográficos.

De acordo com o *New York Herald Tribune*, em 1936, durante sua única viagem à China, perguntaram se ela tinha planos românticos. Ela respondeu: "Não, espero ser casada com minha arte." No dia seguinte, de acordo com o *Herald Tribune*, um jornal de língua inglesa, em Kobe, no Japão, publicou um artigo que declarava que Wong planejava casar com um homem chamado Arte.

IX

Graham Russell Gao Hodges escreveu a biografia *Anna May Wong: From Laundryman's Daughter to Hollywood Legend*. A página de agradecimentos começa da seguinte forma: "A primeira vez que encontrei a magia de Anna May Wong foi em Cecil Court, perto da Charing Cross Road, em Londres, no outono de 1999. Lá, notei na vitrine de uma livraria uma foto autografada de uma mulher linda." É um momento marcante de alteridade o uso da palavra "magia" para descrever uma atriz ásio-americana. Se a biografia fosse de Audrey Hepburn, "magia" não seria usada. Magia sugere diferença, mistério, enigma, um véu de segredos.

Em Nova York, **a garota** conheceu Hodges depois de uma palestra dele no Centro de Pós-Graduação CUNY. Um grupo o cercava, todos ansiosos para conversar sobre Anna May Wong, sobre quem ele se tornara uma autoridade. Ela o criticou pelo uso da palavra "magia". O amigo de Hodges, outro homem branco mais velho, defendeu sua escolha vocabular. "Não é verdade que talvez ela *quisesse* ser vista assim?", comentou, mastigando seu kimchi e sorrindo.

X

Um poema de John Yau, intitulado "No One Ever Tried to Kiss Anna May Wong" ("Ninguém Tentou Beijar Anna May Wong") (1989), começa com "Ela está tentando […] virar o copo / de cabeça para baixo".

Um poema de Jessica Hagedorn, "The Death of Anna May Wong" ("A Morte de Anna May Wong") (1971), termina com "E eu sei / que não posso voltar para casa".

XI

Ruan Lingyu, atriz, nascida em 1910 em Xangai. Morreu em 1935 em Xangai.

Chika Sagawa, poeta modernista, nascida em 1911 em Hokkaido. Morreu em 1936 em Tóquio.

Theresa Hak Kyung Cha, artista e escritora, nascida em 1951 em Busan. Morreu em 1982 em Nova York.

Iris Chang, jornalista e escritora, nascida em 1968 em Princeton. Morreu em 2004 em Los Gatos.

Qiu Miaojin, romancista, nascida em 1969 em Changhua. Morreu em 1995 em Paris.

Daul Kim, modelo, nascida em 1989 em Seoul. Morreu em 2009 em Paris.

XII

A garota foi a uma exposição dos trabalhos em vídeo de Theresa Hak Kyung no Museu de Arte e Design em Columbus Circle, em Nova York. Era uma noite de janeiro, no fim de semana depois da primeira neve de 2017. Um vídeo granulado do rosto de Cha, piscando na tela cem vezes, sua nuca, o único quadro de outro rosto, de um rosto estranho. Cha, cavando um monte de terra. Uma árvore, coberta de marga. A beira de gelo iridescente e a água. As mãos de Cha, acariciando a terra, purificando. O cabelo comprido chegando aos joelhos. Uma estação ferroviária na Coreia do Sul, do seu filme inacabado, *White Dust from Mongolia*. Um trecho de um poema de EXILEE AND TEMPS MORTS:

SEM NOME
SEM NADA
SEM NADA ALÉM DO DADO

XIII

Se para um exilado o amor só pode ser verdadeiro como desejo ou alienação, **a garota** também buscou abrigo com mulheres que abriram mão de histórias de amor. Afinal, a dor também é, talvez ainda mais, divina. Dama Chang'e, a deusa da lua, ilumina o céu noturno com sua tristeza. A terra abandonada do romance: desnutra os exilados e os expulse para lá.

Robyn Rihanna Fenty foi a artista que definiu seus 20 e poucos anos. Rihanna era um prisma através do qual todo amor se abria e se curvava de volta, tornando-se amor-próprio. Rihanna era um dos únicos retratos de autoafirmação, uma mulher solteira criando um império. O álbum de 2016 de Rihanna, *Anti*, tem uma criança na capa, cobrindo o rosto com a coroa. É uma máscara, um antídoto, contra a norma, conta a maré, contra o esperado. *Anti* é uma história de alteridade e sobrevivência no que vem depois da dor e das histórias de amor fracassadas. Rihanna, em várias músicas, compara a dor do coração a "assassinato". Tantas temporadas de assassinatos.

XIV

Sadako de *Ringu* é uma história de amor fracassada. Ela é a alteridade encarnada, com uma cortina de cabelo preto cobrindo o rosto, uma ameaça a todas as normas sociais. Para tornar Sadako em um ícone da alteridade, qualquer esperança de assimilação social deve ser destruída no começo de sua infância.

No romance original de Koji Suzuki, *Ringu*, Sadako é uma criança vidente que previu a erupção vulcânica do Monte Mihara em 1957 e cuja bela mãe morreu por suicídio quando Sadako ainda era jovem. Na história, ela não tem voz, é somente um rumor, contada pelas bocas dos homens que a conheciam a distância. Um homem descreve um episódio em que a pegou encarando a tela de uma televisão desligada com "um leve sorriso nos lábios". Ela é descrita como "aquela garota esquisita" e o protagonista, Yoshino, imagina uma "figura grotesca de mulher". Quando Yoshino finalmente vê uma imagem dela, fica confuso por ela ser bastante bonita: esguia, feminina, bela, apesar de "faltar uma certa curva de mulher".

XV

Em 1999, quando **a garota** tinha 12 anos, os professores a tiraram da turma de estudos sociais para participar de um projeto financiado pela prefeitura, chamado "O Projeto das Pontes: Um Retrato de uma Comunidade de Memórias". Com sua outra amiga chinesa, entrevistou membros imigrantes mais velhos da comunidade. Elas aprenderam sobre a história dos chineses em São Francisco: uma história de discriminação, exclusão e desigualdade incentivada pelo governo. A lei antimiscigenação era um fracasso de intimidade sistêmico e governamental, em enorme escala. **A garota** e sua amiga foram tiradas da aula para aprender essa história. O restante da turma não aprendeu.

Com um grupo de outros alunos chineses escolhidos para o projeto, **a garota** e sua amiga viajaram de ônibus para o norte, até North Garrison, na Angel Island, o local da antiga estação de imigração. Naquele dia, o vento estava forte e jogava sal em seu nariz. Os ciprestes de Monterey cobriam seu rosto em sombras. O museu simulava o centro de detenção de imigrantes original: beliches, banheiros e instalações. O manequim de uma mulher largada em uma beliche a assombrou por anos.

XVI

Em Angel Island, esposas eram separadas de esposos por meses, alojadas com as crianças no Prédio Administrativo. Como os homens no prédio ao lado, as mulheres de Angel Island devem ter entalhado poemas nas paredes, poemas de sofrimento transbordando. Em 1940, um incêndio destruiu o prédio inteiro. Os poemas escritos pelos homens no prédio ao lado sobreviveram, mas os poemas das mulheres foram incinerados, calados no fogo.

De acordo com a antologia *Island: Poetry and History of Chinese Immigrants on Angel Island, 1910-1940*, por Him Mark Lai, Genny Lim e Judy Yung, o banheiro do Prédio Administrativo era assombrado. Ninguém ousava entrar sozinho, ou à noite. Temiam os fantasmas das mulheres mortas por suicídio. Uma reprovou nos exames de imigração e pulou a varanda. Uma se enforcou. Uma enfiou hashis no crânio quando não aguentava mais o confinamento. Os fantasmas vagavam pelos banheiros.

XVII

Kundiman é uma canção de amor filipina, traduzida do tagalog como "se não fosse o caso" ou "se fosse o caso". A frase sugere desejo, separação ou silêncio. Uma canção do amor não correspondido. Escrita nos regimes coloniais da conquista espanhola e americana, uma Kundiman é uma canção de amor radical, celebrando autopreservação. É o nome do coletivo poético ásio-americano, uma das poucas comunidades às quais **a garota** pertence. Onde no mundo podemos encontrar amor radical?

Como a ideia de amor se tornou uma fonte de sofrimento e trauma? No livro *Communion: The Female Search for Love*, bell hooks diz que nossa obsessão por amor começa não com a primeira paixão, mas com o primeiro reconhecimento de que, aos olhos do universo patriarcal, mulheres importam menos que homens e que nunca são suficientes por melhores que sejam.[18] Estar apaixonada no sentido que conhecemos, o amor que só existe dentro dos limites do patriarcado, implica em domesticidade e subjugação, não em liberdade.

---

[18] No texto original, esse trecho aparece em forma de citação. Devido a questões de direitos autorais sobre a liberação da tradução brasileira, foi necessário o uso dessa estrutura. (N. da E.)

A poesia é alteridade na forma da língua. A poesia é alteridade erguendo um espelho para o sonho onde há amor completo. Ela nunca escreveu um poema de amor. Só o aubade, a Kundiman, a canção de despedida. Ela precisa se adaptar à selvageria como uma ave não voadora se adapta à terra e, com o tempo, a conquista.

XVIII

A mãe dela sobreviveu ao sarcoma, a um câncer sanguíneo raro, ao divórcio e à Revolução Cultural. A mãe está sozinha agora, vinte anos após o divórcio, e o casamento foi seu maior arrependimento. Mesmo assim, a mãe ainda a apressa para casar. É o único jeito de sobreviver com poesia, insiste a mãe.

7h02 da manhã, fevereiro de 2017. A mãe está prestes a ser despejada de casa, um pequeno apartamento em Los Altos, onde viveu por seis anos. A mãe tentou se livrar das posses e ligou para o Exército da Salvação, mas se recusaram a buscar os móveis porque o apartamento não era grande o suficiente para valer a viagem.

XIX

Quando **a garota** tinha 19 anos, leu cinco romances de Murakami em um verão. Mulheres sempre desaparecem nas histórias de Haruki Murakami. Em *Minha querida Sputnik*, o narrador está apaixonado por Sumire, uma jovem romancista aspirante, e ela desaparece em uma ilha grega. O narrador K se questiona, desesperado, se a terra só existe para nutrir a solidão humana.[19] O que esses narradores homens provavelmente não sabem é que ser presa pelo olhar de um homem é *exaustivo* e que Sumire escapou para a

---

[19] No texto original, esse trecho aparece em forma de citação. Devido a questões de direitos autorais sobre a liberação da tradução brasileira, foi necessário o uso dessa estrutura. (N. da E.)

Grécia para evitá-lo. Reverência também é uma forma de fracasso, o fracasso em ver as falhas alheias e aceitá-las completamente, um fracasso da intimidade.

A garota de início concluiu que Sumire desapareceu em uma ficção que ela própria criou, mas, conforme crescia, notou que, na verdade, Sumire tinha desaparecido na visão de outra pessoa sobre ela. A imaginação masculina a apaga até seu corpo sumir da ilha das fantasias.

XX

Em um verão na Biblioteca Lamont de Harvard, **a garota** descobriu um exemplar de *The Vertical Interrogation of Strangers*, da poeta Bhanu Kapil. Uma revolução de poemas de amor sobre desmembramento. As perguntas: "Do que se lembra na terra?" "Descreva uma manhã em que acordou sem medo." "Quem foi responsável pelo sofrimento de sua mãe?"

Um homem sem nome era responsável pelo sofrimento de sua mãe. Quando ela era jovem, a mãe sussurrava que queria matar esse homem do laboratório que tentara seduzi-la. Uma fissura descendo a família, uma fissura cujo rosto **a garota** nunca viu.

XXI

Em janeiro, nevou em Nova York, e todo dia ela subia as escadas da Biblioteca Pública de Nova York, onde os leões, Paciência e Fortaleza, guardavam a rocha petrificada. Contra todo aquele mármore, ela desejava suavidade, sensualidade; ela desejava fervor, queria que uma febre começasse. Estava prestes a fazer 30 anos. Leu "Uses of the Erotic", de Audre Lorde, em que a autora discute como o erótico é um recurso que se baseia em um plano ligado ao feminino e ao espiritual, muito enraizado no poder de nosso sentimento não reconhecido ou expressado.[20]

Ela abriu a comunicação que estava silenciosa havia um ano com um ex-namorado. Ela sonhou com ele em seu apartamento frio e vazio: ele viajava para algum lugar, para a Grécia, em um barco do qual a vista do Mar Egeu era azul e profunda. No sonho, ela sentia uma atração forte pelo mar, que tocou uma vez aos 21 anos.

Ela e esse antigo namorado estavam entocados em seus apartamentos, vazios com os hábitos do isolamento, separados pelo Atlântico. Poucos dias depois, ela reservou um voo para Berlim, onde esse namorado vivia em um apartamento nos cantos mais baixos de um bairro de assentamento.

XXII

Manhã, 3 de fevereiro, trem em Berlim. Ela não via o céu. Prestes a chegar no ponto. Ouvindo *Anti*. Na faixa, "Higher", Rihanna gritava nos fones de ouvido **da garota** que olhava para os trilhos nevados. Na noite anterior viu a Aurora Boreal pela janelinha do avião para Reykjavík. Os comissários de bordo acordavam os passageiros para verem o verde estrelado de relance. Ela nunca sonhou que os veria antes dos 30: a Aurora, seu reflexo mágico de neve.

Noite, café em Berlim. Neve lá fora. Ela não conseguia se conter, se trancou no banheiro para chorar. Como medir os passos aqui, onde não deveria estar. Que casa estará cercada por todos os lados. Quem estava sempre correndo. Se erguesse o caderno, ele não a veria. Pensou em sua casa no Brooklyn, no contrato que inevitavelmente acabaria.

---

[20] No texto original, esse trecho aparece em forma de citação. Devido a questões de direitos autorais, foi necessário o uso dessa estrutura. (N. da E.)

A sujeira no elevador art deco, a escuridão metálica. A câmera de vigilância no elevador. Ela pensava em sua casa e em como se mudava sem fim.

XXIII

No trem para Schönfeld, ela se sentou ao lado do amado. Iam pegar o avião para Mallorca, na Espanha. Da neve de Berlim para o calor frio de uma ilha espanhola que não conheciam. Podiam ter escolhido a própria Grécia, Thessaloniki, que era o outro voo mais barato saindo de Berlim, mas Mallorca era quinze graus mais quente. Quinze graus fazem diferença.

Ele não olhava para ela. Ele estava concentrado na tela. Ela voara 6.385 quilômetros para experimentar viajar para um lugar novo com outra pessoa, viajar não sozinha, em vez de sozinha. Ela estivera em tantos lugares por conta própria. Ela notou que o sentimento era mais ou menos o mesmo. Abriu o livro, *Dictee*, de Theresa Hak Kyung Cha:

"Sem poder pronunciar uma palavra até a última estação, pedem para despachar a bagagem. Você entreabre a boca. Olhos marejados, quase dizendo, Eu te conheço eu te conheço, eu esperei para te ver por tanto tempo tanto tempo."

Naquele momento de reconhecimento, quando o poema combinou com o contorno de seus sentimentos, qualquer compostura desmoronou. Ali no trem, ela perdeu o controle, os olhos marejados. Encarou desconhecidos com desespero, mas não ele. Cobriu o rosto com o chapéu, engoliu o hematoma escuro e encharcado fundo na garganta, de volta para o corpo, onde era seguro.

XXIV

Ren Hang, fotógrafo e poeta, nascido em 1987 em Jilin. Morreu em fevereiro de 2017 em Pequim. Entre seus trabalhos acessíveis na Biblioteca Pública de Nova York, dois livros de fotografia, chamados *New Love* e *Athens Love*. Nos livros, belos desconhecidos, amigos de Ren, posam nus entre taboas, em telhados de Nova York ou Pequim, na neve, entre cactos, nos campos de flores amarelas.

Athens Love registra uma viagem que Ren Hang fez para a Grécia, um livro lindo, verdejante e ensolarado cujas paisagens contrastam com as de Nova York e Pequim em *New Love*. Em uma foto, uma mulher está deitada nua em uma estrada vazia, cercada por vegetação verde e cheia e um céu azul cerúleo. A foto é emocionante pela forma como a mulher está posicionada: completamente deitada, ela fuma um cigarro com os olhos fechados no êxtase da despreocupação. Seu corpo divide a estrada, que é imaculada. Ela parece nem notar que está em uma estrada de asfalto quente: até onde sabe, a estrada é uma rede. A estrada parece nunca ter sido atravessada. O corpo obstrui a jornada ao desconhecido. Ela sabe que ficará bem. Apesar de não sabermos aonde a estrada dá, é cercada por belezas verdes, então talvez fiquemos bem.

XXV

O fracasso da intimidade, em dez mil formas. A mão tocando a coxa, acariciando a pele. A mão de um inimigo. O desejo de tratar o inimigo com carinho ousado e nada natural.

Seria o pertencimento o antídoto da alteridade? Seria o pertencimento o antídoto do desejo? Morando no frio enregelante de Ithaca, ela escreveu um haiku:

> Pegar o desejo de ter
> Subtrair do pertencer
> E aprender a ser

Matemática sempre a assustou. A fórmula:
PERTENCER – TER = SER
Se a fórmula for real, então:
SER + TER = PERTENCER

XXVI

Na última noite em Berlim, ele a acordou de madrugada e a abraçou com tanta força por tanto tempo que ela se perguntou se sonhava com uma ilha grega de novo. De manhã, ele a abraçou de novo e perguntou:

"Você não pode mudar o voo?"

Não podia. Não podia dizer nada, muito menos ficar. Nunca tinha sido abraçada daquela forma antes. Isso a fez chorar muitas vezes nas noites seguintes, quando voltou ao apartamento no Brooklyn.

Uma semana depois, foi a uma apresentação de poesia na livraria Housing Works. Ela já tinha parado de conversar com o amado. Perguntou ao poeta Ocean Vuong o que podia fazer para acalmar a dor. Ocean respondeu: "Dome o leão só quando o leão vier a seu encontro. Não procure a besta para praticar seu ofício... ou será morta."

XXVII

Quando **a garota** estava no ensino médio, pensou na tese final para a aula de inglês avançado. Uma declaração extasiada: "O amor é uma doença."

Exemplos: Adam em *A leste do Éden*, de Steinbeck, Jay Gatsby e as mulheres em *Cem anos de solidão*, de García Márquez. Ela citou os sintomas de amor que agarravam os corpos de personagens fictícios, o peso na saúde. A primavera sempre parecia abrir feridas. Rebeca e Amaranta de *Cem anos de solidão*, ajoelhadas no jardim, comendo terra, comendo caracóis por estarem apaixonadas. Ao recitar essa passagem, **a garota** se ajoelhou, imitando o ato, pegando punhados de ar no carpete marrom da sala de aula e comendo, engolindo, o carpete marrom onde não havia amor.

XXVIII

Algumas semanas depois, o leão falou. Hipocondríaco, se preocupava com os sintomas da gripe, com a doença. Tinha medo do corpo dela ser contagioso, conter o vírus. Ela garantiu que tinha feito um exame de sangue recentemente, com resultados normais.

Ele supôs que ela procurasse amor e disse que não podia dar o que ela procurava. Eles então tiveram uma conversa sobre amor que ela não queria. Ele acreditava que todos buscavam amor. Ele acreditava que amor era uma emoção e que ela tinha direito ao amor porque era humana, ele se incomodava e ofendia por ela não procurar amor nele, mesmo que ele não pudesse dá-lo para ela.

Isso, também, era uma fracasso da intimidade: sua inabilidade de expressar por que fome era garantida, não amor. bell hooks, em *Communion: The Female Search for Love*, fala sobre como, considerando valores e pensamentos patriarcais, a mulher é ensinada que o amor não é um direito, ela precisar ganhar esse amor e para ganhar, ela precisa ser boa e merecer, sendo que essa bondade é sempre pautada por outra pessoa.[21]

XXIX

O fracasso do amor está enraizado nos sistemas complexos de opressões que apagam a humanidade daqueles que estão às beiras e às margens. Quando alguém passa muito tempo nessa posição marginal, o amor não é garantido. O amor não é garantido para exilados. O amor não é a resposta em um universo patriarcal capitalista supremacista branco. O amor não pode existir sem justiça.

XXX

A primavera chegou, **a garota** fez 30 anos e o sol voltou. Tulipas plantadas nas jardineiras ao lado da biblioteca. Regeneração como forma de doença. Na Sala de Leitura Rosa, as janelas abertas dando em prédios ensolarados, catedrais, fachadas de vidro e aço. Ela leu Rilke. Ela leu Lorca. Ela leu Hikmet. A beleza da primavera também era um tipo de exílio. Expulsa da doçura da flor de cerejeira, escutou gravações de escritores, incluindo o *New York Public Library Podcast*. Em um episódio, a gravação de um evento da biblioteca com Elizabeth Alexander, Hilton Als disse: "Quando ficamos abertos para a possibilidade de amor e conexão, aquele relaxamento estranho acontece com todos. Sou antigo. Não é a juventude que torna o amor acessível, acho que tem tudo a ver com onde colocamos nossos corpos: na linha de fogo."

A garota voltou o podcast sem parar para escutar o eco das palavras. Na linha de fogo. Seu corpo, uma ferida ou uma pétala,

---

[21] No texto original, esse trecho aparece em forma de citação. Devido a questões de direitos autorais, foi necessário o uso dessa estrutura. (N. da E.)

não sabia dizer. Als continua: "Todo mundo precisa ter pelo menos uma pessoa para quem conta a verdade absoluta." Por muito tempo, ela achou que essa pessoa, para ela, era o leitor não identificado para quem escrevia. Naquele outono e no inverno, tentou evitar todos os casais a vista entre as árvores balançando no Bryant Park. Ela sentiu, como areia movediça, que amor só existia para os outros, não para ela. Outras vezes, era atingida pelo terror que o amor poderia existir, até para a alteridade encarnada. Ela escreveu no diário: "Desde muito jovem, fui aleijada pela esperança. Esperança de que algum dia poderia pertencer apesar do fato de ser desesperadamente diferente. Esperança de que encontrarei uma pessoa para contar a verdade absoluta sem medo."

Mesmo se, como exilada, conhecedora da dor, ela nunca experimentou amor real, radical. Mesmo que amor signifique trauma. A esperança por amor radical também é uma escolha que ela poderia tomar. Ela poderia escolher esperança. Ela poderia escolher doença. Ah, o carinho. Ela viveu até agora sem ele.

IRMÃS SE AMAM MESMO?
As irmãs Hughes em primeira mão. 👀
Por Jazmine Hughes

Às vezes, quando tenho sorte, viro meu telefone e o esqueço por alguns minutos, ou deixo no bolso do casaco em um armário distante, ou ele fica sem bateria. Quando volto, vejo dezenas de mensagens, todas do grupo Irmãs Cheetah, que tenho com minhas irmãs mais novas. É uma bagunça, cheio de memes, ataques, pedidos de "POR FAVOR FECHE A PORTA QUANDO SAIR DO MEU QUARTO, JERMANE", conselhos, restos de brigas e um monte de fotos feias que tiramos umas das outras. É, principalmente, um espaço para nossas piadas internas: a manifestação da nossa intimidade, uma língua só nossa.

Não viemos de uma família próxima — nada de abraço, de lágrimas, de grandes lições —, por isso mandamos mensagens o tempo todo, confortáveis no contato com certa distância. Não viemos de uma família próxima, mesmo assim mandamos mensagens o tempo todo e eu preciso controlar uma gargalhada sempre que leio o que perdi, às vezes só contribuindo com "BERRO", tentando, sem sucesso, explicar uma piada com raízes de quinze anos para a pessoa ao meu lado. O grupo fortaleceu nosso elo, assim como é possível que a idade, o tempo, o divórcio de nossos pais ou o peso do mundo tenha nos levado a nos aproximar, como irmãs. Acabar com essas quatro pessoas é só sorte: nenhuma de nós nos escolheu, então eu queria saber se a gente se gosta mesmo, se *escolheríamos* se pudéssemos. Eu me perguntei o que nos tornaria amigas.

PERSONAGENS

Jazmine: Tenho 25 anos. Moro em Nova York.

Jermane tem 23 anos. Ela mora em New Haven, Connecticut, com nosso pai. É mandona, por isso todo mundo a odeia, mas ela costuma estar certa.

Javonne tem 20 anos e está no terceiro ano da faculdade Johnson & Wales. A gêmea dela, Javonda, mora em New Haven e planeja se mudar para a Califórnia.

J'Mari tem 18 anos e também mora em New Haven.

Jessie é o cachorro.

JAZMINE Ok! Primeira pergunta: a gente se gosta?
Eu gosto de vocês agora. Ainda acho que são todas babacas.
JERMANE Vc é de boa
JAVONDA Gosto de vocês pq preciso. Mas J'Mari seria aquela amiga com quem falo na aula só pq não tenho opção e eu nunca falaria com Jermane. Talvez só para pedir respostas da prova, sei lá. Javonne seria minha melhor amiga e Jazmine é a garota maneira que quero que me note.
JAZMINE Quando vocês começaram a gostar de todo mundo?
Vocês todas me amaram quando eu me mudei
JERMANE Quando as gêmeas acabaram a escola comecei a gostar mais delas
Sempre gostei da J'Mari

JAVONDA É Jazz você sempre foi maneira. J'Mari é a bebê então acho que a gente gostava dela secretamente. Jermane variou muito
JERMANE Eu literalmente nunca faço nada contra vocês.
JAZIMNE Eu meio que gosto da Jermane. Ela é ok.
J'MARI Eu gosto de vcs
Só prefiro o cachorro
E sempre gostei de vcs. Mas foi só ano passado que eu e Nonda viramos melhores amigas
JAZMINE VOCÊS SABIAM QUE J'MARI E JAVONDA SÃO MELHORES AMIGAS
ELA ME CONTOU E EU CHOREI
J'MARI MELHORES AMIGAS!!
JAVONDA É UMA AMIZADE FORÇADA E EU PRECISO DE AJUDA
J'MARI Ela está zoando
JAZMINE Nonda, você não quer ser melhor amiga da sua irmãzinha?
JAVONDA Nem, na real eu e J'Mari só somos parças porque não tenho amigos. E Jermane é má comigo.
JERMANE NÃO SOU MÁ
JAVONDA 😐
JAZMINE Javonda, a J'Mari te deixa menos solitária?
Você vai falar com ela todo dia quando se mudar pra Califórnia?
Javonne é sua melhor amiga?
J'MARI Não, sou eu.
JAVONDA É, J'Mari é tipo o cachorro novo que comprei por causa de uma tragédia, sei lá
Vou mandar fotos quando estiver na Califórnia! Talvez ligar para encher o saco ou ser aleatória
Mas Javonne é da GOAT
JAZMINE J'Mari, você vai sentir saudades da Nonda quando ela se mudar?

JAVONDA O POVO QUER SABER BOBARI
Mas me sinto mal por deixar ela sozinha
Ela só tem o cãozinho
Cara a gente precisa de amigos :'(
J'MARI Nem, não vou sentir tanta saudade, tenho o cachorro
JAVONDA :/
JAZMINE Vocês diriam que são mais próximas das irmãs do que de amigos aleatórios?
J'MARI Siiiim
JERMANE Talvez mas sei lá
JAZMINE Explique melhor
JAVONDA Hmmmm sim e não. Não conto da minha vida mas estamos sempre juntas, e faço besteira sem me preocupar quando estou em casa
JERMANE ^^^^
JAZMINE Eu sou amiga de vocês?
JAVONDA É, você é a mana maneira
JERMANE Jaz, você é amiga de todo mundo.
JAVONDA #fato
JAZMINE Mas eu sou a MANA MANEIRA ou amiga de vocês? Porque uma irmã mais velha maneira é meio unilateral, né?
Tipo, não ligo pra contar da minha vida
E amizade é uma via de mão dupla
JERMANE É, você é a mana maneira mas a gente pode contar qualquer coisa que você vai mandar a real
JAVONDA Isso aí
JAZMINE CHORAY
OBRIGADA
Ok uma pergunta
Vocês se amam?

Mesmo se não se gostarem

JAVONDA Hm acho que a gente se ama

(o cachorro que escreveu)

J'MARI É também acho

JAVONNE Voltei e tem umas oitenta mensagens que não vou ler. Alguém me explica se quiser que eu responda.

JAVONDA Jazmine está entrevistando a gente

Basicamente perguntando se somos amigas ou só irmãs

JAZMINE Isso

Somos suas amigas?

E você ama a gente?

JAVONNE Hum, acho que somos... irmãs

Eu e Javonda somos amigas mas irmãs do resto todo. Tipo claro que estamos de boa mas não vou super mandar mensagem à toa pra vocês, só pra Javonda.

Claro que amo vocês. "Sangue é mais denso que água." *revira os olhos* mas o mundo tá cheio de cobra e a família é total real então amo vocês pra cacete

(nem sempre é verdade mas sabe)

JAVONDA RT 🙏🏾👌🏾🔥🗣💯📝🗣

JERMANE É acho que isso

JAZMINE CHORAY

Vocês sempre sentiram isso

Ou é recente, depois de ficarem velhas e maduras?

JERMANE Nos últimos anos

Tipo, nunca entendi por que a mamãe LIGAVA pra Tia Sherri

JAVONNE Maturidade ctz

JAVONDA Total! Também nunca entendi por que ela ligava mas agora saquei.

JAZMINE Vocês se ligam?

JAVONNE Só pra Nonda. Então não.

JERMANE Nem.

A gente mora junto.

JAVONNE Um dia eu queria mandar mensagem pra J'Mari mas esqueci kkkk

JAVONDA Acho que a gente só liga a cada tipo 10 eclipses lunares e estamos megaentediadas e queremos assustar a outra irmãzinha

JAZMINE É, às vezes quando ligo pra dar oi vocês surtam

Mas achei que fôssemos amigas?

Talvez vocês odeiem o telefone?

JAVONDA Quem odeia o telefone? Só a Bobari

JAZMINE É, liguei pra ela ontem e foi um porre

J'MARI :/

JAVONDA Ela tem poucas estrelas

Você devia ter conferido o perfil antes de ligar

JAZMINE Então por que ninguém me liga?

JAVONDA Você é famosa. Meio acho que você está sempre ocupada ou bebendo vinho ou tentando ficar sóbria depois do vinho

JAZMINE O que ser irmã significa para vocês?

JAVONNE Estar presente mesmo quando a gente diz que se odeia ou faz merda e continuar sendo irmã e nos apoiarmos e nos amarmos

JAVONDA Hm aquele laço forte passando por qualquer coisa, mesmo que a gente se odeie

JERMANE Nonda mandou a real!

JAVONDA Vc sabe que só digo vdd

JAZMINE J'Mari,

Oi

O que ser irmã significa para você?

J'MARI Ter irmás.

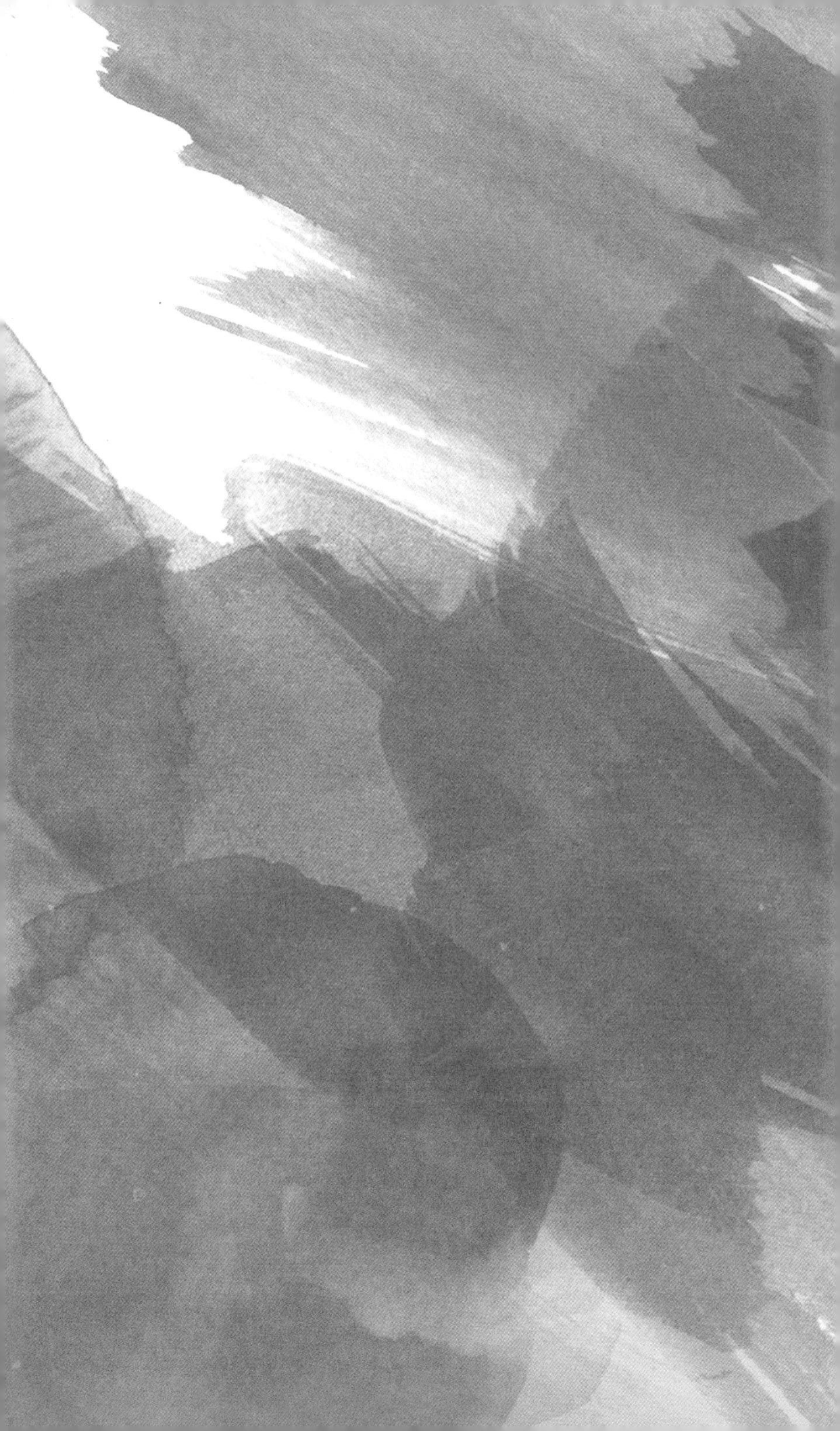

TATUAGEM
Ela perdeu o controle.
Por Laia Garcia

Acho que não está mais ali.

Eu tinha acabado de me deitar quando notei que fazia um tempo que não a via. Tentei me lembrar de quando eu tinha saído do banho e visto meu corpo nu no espelho. Tinha olhado para o quadril? Tinha alguma coisa ali? Quando tinha sido a última vez que eu vira a tatuagem?

Encarei o teto escuro, enrolada na coberta. Será que eu devia conferir se a tatuagem ainda estava ali? Com certeza estava, mas e se tivesse mesmo desaparecido?

Nunca fui viciada em drogas ou álcool. Nunca pratiquei atividades sexuais perigosas. Nunca fui uma "menina má". Nunca gostei de perder controle de propósito.

Costumo pensar nisso como um defeito. Minha incapacidade de me permitir perder controle parece uma barreira para me tornar completamente uma mulher. Ser mulher é se perder em algo e talvez voltar triunfante. Fazer tudo que não devemos, chegar perto da morte, abandonar os vícios, escrever a respeito, se tornar mulher.

Como posso me tornar mulher se não tenho interesse em ser um mau exemplo?

Quando fiz 27 anos, decidi que minha vida até ali não era como eu queria. Naquele ano, eu tinha terminado com o namorado com quem estava, entre términos e voltas, há cinco anos. Notei que tinha passado a maior parte da vida adulta em dois relacionamentos longos. Não tinha transado com pessoas suficientes, achava que deviam ser pelo menos dez (um bom número caso esteja pensando em entrar em um experimento controlado, o que eu certamente estava). Entrei no app de relacionamentos OkCupid.

"Vamos ver o que acontece se eu fizer isso" se tornou meu mantra. Saí com garotos que conhecia na internet e fui para a casa de garotos que conhecia na vida real. Deixei um argentino me magoar. Flertei com um garoto de uma banda que estava tocando no palco. Eu me envolvi com um garoto e terminei com ele, apesar de não termos nos beijado nem transado durante os três meses do "caso". Segui meus desejos aonde eles me levassem. Vejo fotos dessa época e fico feliz, porque estava fazendo exatamente o que queria, quando queria. Então conheci Joseph.[22]

Joseph mandou a primeira mensagem e gostei dele porque ele usou um lápis como cantada, o que era muito ridículo, mas incrivelmente perfeito. Duas semanas depois, combinamos de sair para jantar. Não esperava que desse em nada. Era uma noite de domingo e eu trabalhava no dia seguinte. Não depilei as pernas. Não escolhi uma roupa com cuidado. Não estava nervosa.

---

[22] Nome foi alterado.

Joseph era, de longe, o homem mais bonito com quem eu já tinha saído, o que não me deixava nervosa, porque ele era inalcançável. No entanto, os drinks levaram ao jantar e, na hora da sobremesa, nos beijamos depois do primeiro pedaço da torta de maçã que dividimos. Beijamos na rua no caminho para o bar e beijamos no bar, ignorando as bebidas que pedimos, tentando ignorar que tudo que queríamos era um ao outro. Por fim, fomos para a casa dele. Dormi com a cabeça em seu peito.

"Foi uma noite divertida", pensei. "Mas de jeito nenhum vai virar algo mais sério."

Só que eu o vi no próximo dia, no seguinte e no outro também. Não começamos a namorar, só não nos largamos. Ele disse "eu te amo" depois de poucas semanas e eu me lembro de sentir o mundo girar. Foi em outubro.

Em fevereiro, as coisas já estavam complicadas. Precisávamos ter conversas sérias. A bolha tinha estourado, mas, em vez de me afastar, eu estava tomando banho nas manchas grudentas de sabão no chão.

Em julho, terminamos. Ele disse que não se sentia atraído por mim. Disse que eu era jovem demais. Disse que eu era deprimida demais. Voltamos uma semana depois, no casamento de uma amiga.

O relacionamento nunca voltou a ser o mesmo e, olhando em retrospecto, várias vezes pensei que precisava sair dessa. "Mas relacionamentos dão trabalho", eu dizia. "A vida adulta é assim", eu dizia.

Em novembro, terminamos. Ele disse que não se sentia atraído por mim. Disse que queria sair com outras pessoas. Mesmo assim, passei o Dia de Ação de Graças com a família dele. Dormimos na mesma cama mas não nos tocamos. Naquele inverno, o apartamento dele ficou sem aquecedor, então ele morou comigo temporariamente. Em fevereiro, voltamos, mas provavelmente foi mais por circunstância.

Eu entedia que nosso relacionamento não tinha firmeza. Sabia que não podia confiar nele. Sabia que estava virando outra pessoa. Sabia que estava aguentando mentiras e comportamentos ruins. Coisas para as quais uma versão antiga de mim não teria paciência. Eu era outra pessoa agora. Não podia me afastar. Não queria me afastar.

De repente, notei que tinha perdido o controle. Eu estava há anos no fundo do poço e tinha desenvolvido um vício em ver quanto eu conseguia sentir, quantas coisas eu podia fazer meu coração e meu cérebro aguentarem e ainda acordar no dia seguinte, pronta para mais. Apesar de sentir muita vergonha desse comportamento, também tinha um orgulho estranho. Orgulho do quanto eu aguentava. Do quanto eu me dispunha a resistir.

Naquele mês, na casa de uma amiga, o assunto chegou em tatuagens caseiras. Minha amiga tinha tinta e agulhas e, em um clássico comportamento de viciado, Joseph tatuou um apelido de infância dele no meu quadril.

Vamos ver o que acontece se eu fizer isso.

Dizem que tatuagens de casal dão azar, mas já não tínhamos futuro. Não havia nada a arriscar, nenhuma sorte pela qual esperar. Não era um símbolo do nosso amor, mas um símbolo do *meu* comprometimento inabalável com o amor, com esse amor que em algum ponto se tornara fatal. "Je ne regrette rien", escrevi em um diário. Finalmente tinha aberto mão do controle, tinha enlouquecido.

Em julho, terminamos de novo e voltamos duas horas depois. Nenhum de nós pronto para se separar. Eu era a muleta dele e ele, a minha.

Eu tinha certeza de que ele estava saindo com outra pessoa.

Eu estava completamente chapada de emoção. Escutava Fiona Apple e Sheryl Crow para sentir ainda mais. As vozes eram como uma navalha na minha pele. Eu sentia demais tudo. Quão fundo eu aguentaria.

E continuei.

Em abril do ano seguinte, depois de jantarmos com o irmão dele e a namorada do irmão no mesmo restaurante do nosso primeiro encontro, terminei com ele. O plano era que eu dormiria na casa dele, mas quando estávamos prestes a chamar um táxi ele disse que preferia ir sozinho. Era um pequeno detalhe, mas foi a gota d'água. Minha vida se tornara exaustiva. Mensagens de uma ex-namorada (*a* ex-namorada) e explicações duvidosas. A viagem de trabalho que fiz para a Europa por duas semanas, quando ele só me mandou dois ou três e-mails.

Meus limites não podiam continuar a ser testados. Não por mim. Não por ele. O experimento tinha acabado. Ninguém diria que eu não me esforçara, que eu tinha jogado a toalha e ido embora quando ficou difícil. Eu tinha tornado nosso relacionamento uma prova de fogo e era Khaleesi, renascendo. Acabou.

Quase um ano depois, tudo isso voltou à minha mente, deitada na cama, me perguntando se a tatuagem que ele fizera ainda estava no meu quadril.

Virei de lado, fechei os olhos e dormi.

Não conferi se ainda estava lá.

TALVEZ UM DIA
Por Shania Amolik

esbarremos um no outro
no elevador de um prédio público
ou no trem lotado
e falemos como se não soubéssemos quem
nós somos,
como se não nos conhecêssemos.
Faremos piadas sobre o tempo e
o comprimento do meu cabelo.
Será familiar,
uma conversa confortável.
Será como nos dias de domingo ensolarados,
você servindo chá na caneca
que acabará minha preferida,
eu lendo em voz alta passagens publicadas
que sei que gostará.
Parecerá promissor
então trocaremos telefones
(como se conversas entre esses números já não existissem nos aparelhos)
e proporemos um programa de almoço casual no sábado

no café perto do seu apartamento
(como se já não tivesse me levado mil vezes àquele café,
como se as garçonetes não soubessem de cor o chá que peço)
e nos afastaremos.
O elevador terá chegado
no meu andar ou o trem na sua estação
Mas quando nos distanciarmos,
retomaremos a consciência
Lembrarei
Quem é você:
O garoto que guardava meu coração
na palma da mão,
que abria os dedos de vez em quando,
deixando o que estava ali cair
e
se despedaçar no chão.
Quem eu era:
A garota que não sabia dizer não,
que queria tudo que você tinha a oferecer
mesmo que você não quisesse oferecer para ela.
Naquele momento notaremos
Quem nos tornamos:
Um garoto que aprendeu a respeitar os outros e
Uma garota que aprendeu a se respeitar.
Saberemos que as pessoas que somos hoje
não usarão os números que receberam.

COMO ME TOCAR
Algo como proximidade.
Por Bhanu Kapil

Talvez não seja noite. Talvez o céu tenha a cor de narcisos e moedas de prata, sinal de que uma grande tempestade está prestes a arrebentar a costura azul-escura que apareceu sobre a cidade. É uma cidade? Talvez seja a beira de algo, o lugar onde o pasto e os campos cinzentos levam às colinas.* As colinas são vermelhas. A lama lá é laranja-escuro, facilmente moldada em bolas e outras formas redondas, formas pré-deusa, masculinas e femininas, que são secas, pintadas com um pigmento branco brilhante e carregada até o rio, onde dissolvem. Por isso "devolver a deusa à deusa", uma frase que assim soa genérica, como se agachar no quintal dos fundos para mijar quando está menstruada e a lua brilha por entre os freixos como o fim de algo e o começo de algo novo. Li sobre isso em uma revista. Li que o corpo é composto de água, fogo e terra. Que o corpo e o planeta formam um circuito que flui e trava. Que antes de transar é azul-cobalto e, depois, um azul mais claro, o azul da congonha, um céu de junho no oeste europeu, a língua de um lagarto que viu em uma visita à avó em Chennai, na cozinha com um copo de leite morno, que fora fervido, como de costume, com cúrcuma, gengibre e cardamomo (moído em uma pasta espessa).

* Consegue imaginar a cena? Deixe a cidade, o pasto e as colinas se suavizarem até, do céu, ver só fumaça e lâmpadas brilhantes, uma escuridão secundária que torna cada cheiro — zimbro queimando, pão ázimo tostando na fogueira — um sabor. Deixe o corpo flutuar, da forma que parecer natural, até as colinas vermelhas. Ali, ali. Desça. É aqui.

Como me tocar: Não me diga ao acordar de manhã que tocará meu braço mais tarde,** a parte interna do braço, acariciando de leve, de novo e de novo, da dobra do cotovelo à curva do ombro, até eu passar a vida inteira associando esse toque com o rugido da escuridão que desce das Sivaliks, as colinas (nem vermelhas nem verdes) que agora sei que nunca conseguirei descrever. Não diga que isso acontecerá mesmo no café da manhã, depois no almoço, com seus irmãos e irmãs, sob a goiabeira, nos banquinhos de bambu trançados à mão. Não olhe para mim nem fale comigo de forma além do normal. Assim, quando me tocar, a eletricidade do meu corpo acenderá um violeta difícil, complexo e incessante, antes de suavizar. Como creme.

** Aos 15 anos, fomos para a Índia no verão. No dia em que o avião decolou, o céu sobre Londres era como latão. Então atravessamos as nuvens naquela luz estonteante, que nunca esquecerei. Um belo risco: ir e continuar. Ou, pelo menos, aos 15 anos, chegar, um pouco tonta, sem esperar que qualquer coisa aconteça, pelo menos aqui, na vila ancestral onde vive a prima da sua mãe. Nos primeiros dias na casa de campo grande e desconfortável, sou tomada por solidão e pela confusão do fuso horário, lendo e relendo *Alice através do espelho e o que ela encontrou por lá*. Escrevo poemas no caderninho com o pisco na capa, de pernas cruzadas no celeiro, um enorme armário de metal coberto com um lençol de algodão e cheio de trigo. É o único lugar particular da casa, essa caixa gigante de metal atrás de uma cortina de batique na cozinha, enfiada em uma salinha. Abaixo dela está o jardim, que é de um verde escuro e vibrante: encharcado pelas monções, brilhando e mais vivo do que qualquer coisa que vi na vida, até os lagos escoceses, que visitei uma vez para procurar o monstro: uma folha, uma azaleia, o vislumbre de uma serpente*** ao desaparecer.

*** Naquela manhã, acordei na cama de juta, que mal era uma cama, no jardim, lá fora, afastando a mosquiteira do meu corpo e me sentando para passar as pernas para o lado e calçar os chinelos. Foi então que vi: a pele inteira, intacta e gigante, descamada de uma naja. Durante a noite, a noite em que você acariciou meu braço, de novo e de novo, até meu corpo inteiro ser um bloco puro de vibração, a cobra deve ter encontrado seu lugar. Sob mim. Sob nós. Você estava na cama ao lado e achei que estivesse dormindo. Boa noite, disse. Boa noite, respondi. Então você me tocou, os dedos encontrando minha pele com tanta suavidade que, a princípio, não senti. O toque. Congelei. Talvez na primeira vez em que vemos uma coruja ou um leopardo, ou alguém morrendo, não reconhecemos o que é: à nossa frente. Uma curva na floresta. Olhando para cima, talvez. Um galho. A respiração lenta. Um rosto que nunca vimos antes, tão perto. Como me tocar? Não fale dessa noite**** nunca de novo. Quando chegar a manhã e eu gritar, pulando da cama, para longe da pele descamada, da pele que não reconheço como de serpente no primeiro instante, só entendendo que está ali, encontre meu olhar, mas com preocupação comum, familiar, a mesma expressão no olhar de todos que correm na minha direção — uma mãe, uma tia, um irmão — dos quartos internos. Encontre meu olhar sem vergonha nem curiosidade. Encontre meu olhar como se fosse uma manhã de terça, não a manhã em que uma cobra trocou de pele sob minha cama: a manhã, isto é, que segue a noite.

**** Estou tentando descrever a noite em que dormi lá fora, como é costumeiro nos meses quentes, em um jardim amurado, em uma cama de armar. Minha mãe e a prima estavam lá dentro, com as crianças menores, e por algum motivo as mulheres permitiram que ele, o filho adotivo da prima de minha mãe — o filho do marido de um casamento anterior cuja esposa morrera no parto —, dormisse ao meu lado, a céu aberto, em uma das duas camas frágeis. Onde estavam os homens? Eram peregrinos, no alto das montanhas, pegando carona em carroças de boi até Badrinath, onde o geleiro se torna uma fonte.***** Talvez estivessem bebendo cerveja ou chá em uma parada de beira de estrada. Talvez já tivessem se invertido sobre uma fonte viva, um dos riachos sob o local sagrado. Onde estavam? Só lembro que estávamos sozinhos.

***** Você ergueu a mosquiteira que me cobria. Talvez estivesse de lado, o braço esquerdo dobrado sob a cabeça. Falava, murmurando, começando a me tocar. Só tocou essa parte do meu corpo, a parte interna do braço. É verdade? Escrevendo estas palavras, me lembro da mão afastando o cabelo de meus olhos. Lembro do dedo margeando a seda nova de minha sobrancelha direita. Lembro dos lábios em meu pulso. Lembro das estrelas: despedaçadas, glotais, explodindo e escorrendo, através da tela que cobria meu rosto e corpo. Lembro dos vaga-lumes no jardim, cuspindo luz, o zumbido dos sapos de jardim, e a doçura pesada do jasmim-da-
-noite, raat ki rani, que crescia na parede.

E de manhã, gritei, meus pés fugindo do chinelo improvisado.

E de tarde, voltei ao mundo de Lewis Carroll.

E no resto do verão, tentei encontrar seu olhar, mas nunca encontrou o meu.

E quando cresceu, se mudou para Dubai com sua bela família, onde trabalha com vendas.

E quando cresci, parei de sentir qualquer coisa nas minhas muitas partes, dos vários choques que recebi no processo de amar e ser amada.

Ainda assim, escrevendo estas palavras, lembro daquela noite e sinto um pulso na minha parte que é como uma barbatana. Como uma das mãos.******

Como me tocar?

****** Assim. Isso. De novo.

AGRADECIMENTOS

Obrigada a...

Todo mundo que escreveu para este livro, explorando cada pensamento e sentimento nos níveis mais cósmicos e subterrâneos. Escrever qualquer coisa é vulnerabilidade, escrever sobre amor é vulnerabilidade e ser editado é vulnerabilidade. Além disso, leva um tempão. Obrigada por darem seu tempo e força ao processo.

Lauren Redding, a *publisher* da *Rookie*, por gerenciar o projeto e trabalhar de perto comigo, com Tina, Allegra e Razorbill em cada aspecto deste livro. Como o restante da *Rookie*, seria impossível sem você e seu comprometimento inabalável com nossa comunidade.

Tina Lee, por editar cada texto deste livro com tanto cuidado, ajudar os escritores a botar para fora seus mundos internos e ajudar *Sobre o amor* a atingir seu potencial máximo.

Allegra Lockstadt, por fazer a capa da edição americana e as artes internas lindas como tudo que faz. Você sempre foi uma parte fundamental da identidade visual e da comunidade da *Rookie* e temos sorte de ver esta antologia pelos seus olhos.

Cynthia Merhej, por criar a tipografia da capa americana e o logo da *Rookie* anos atrás. Você desenhou antes de termos decidido o nome, mas capturou perfeitamente o espírito desta empreitada.

Elly Malone, por emprestar sua genialidade às ilustrações de "Planetas binários".

Annie Mok, por ser uma visionária de muitos talentos que criou as ilustrações incríveis para o próprio texto, "Viver pela espada".

Diamond Sharp, por usar o olhar atento para escolher os poemas de leitoras da *Rookie* que combinavam com o livro.

Derica Shields, por recomendar alguns dos excelentes colaboradores desta antologia.

Lena Singer, por entrevistar Marlo Thomas para o texto "Da faísca à fogueira".

Ben Schrank, Jessica Almon, Marissa Grossman, Kristin Boyle e Maggie Edkins da Razorbill por tornar este livro uma realidade.

David Kuhn e Kate Mack da Kuhn Projects por apoiar este projeto em suas primeiras etapas.

Sarah Chalfant e Rebecca Nagel da Wylie Agency por nos ajudar a fazer o livro que queríamos e por acreditar tanto na visão da *Rookie*.

Nossas leitoras, por nos apoiar e apoiar umas às outras, sejam da versão on-line ou impressa. Obrigada por criar um cantinho no universo onde as definições de amor podem ser expansivas e universais.